El observatorio

El observatorio

Michael Connelly

Traducción de Javier Guerrero

Rocaeditorial

Título original inglés: *The Overlook*
© 2006, Michael Connelly

Primera edición: noviembre de 2008

© de la traducción: Javier Guerrero
© de esta edición: Roca Editorial de Libros, S. L.
Marquès de la Argentera, 17, Pral.
08003 Barcelona.
e-mail: correo@rocaeditorial.com
internet: http//www.rocaeditorial.com

Impreso por Dédalo Offset, S. L.
Crta. Fuenlabrada, s/n
Pinto (Madrid)

ISBN: 978-84-92429-43-1
Depósito legal: M. 39.246-2008

A la bibliotecaria que me dio *Matar a un ruiseñor*

1

$\mathcal{R}$ecibió la llamada a medianoche. Harry Bosch estaba despierto y sentado en el salón de su casa, a oscuras. Le gustaba pensar que lo hacía porque le permitía oír mejor el saxofón. Al bloquear uno de los sentidos, agudizaba otro.

Pero, en el fondo, sabía la verdad: estaba esperando.

La llamada era de Larry Gandle, su supervisor en Homicidios Especiales. Era la primera que recibía Bosch desde que ocupaba su nuevo puesto. Y era lo que había estado esperando.

—Harry, ¿estás levantado?

—Sí.

—¿Qué estás escuchando?

—Frank Morgan, en directo desde el Jazz Standard de Nueva York. El que oye ahora al piano es George Cables.

—Suena como *All Blues.*

—Lo ha clavado.

—Es bueno. Lamento tener que estropeártelo.

Bosch apagó la música con el mando a distancia.

—¿Qué ocurre, teniente?

—Hollywood quiere que Iggy y tú os hagáis cargo de un caso. Ya tienen tres hoy y no pueden asumir un cuarto. Además, éste podría ser un *hobby*. Parece una ejecución.

El Departamento de Policía de Los Ángeles contaba con diecisiete divisiones geográficas, cada una con su propia comisaría y su oficina de detectives con la correspondiente brigada de homicidios. Sin embargo, las brigadas divisionales eran la primera línea y no podían quedar empantanadas con casos de larga duración. Cuando se cometía un asesinato con cualquier clase de relación con la política, las celebridades o los medios de comunicación, normalmente se asignaba a Homicidios Especiales, que operaba desde la división de Robos y Homicidios del Parker Center. Los casos con apariencia de ser particularmente difíciles de resolver o de extenderse en el tiempo —que invariablemente permanecían activos como un *hobby*— también eran candidatos claros para Homicidios Especiales. El caso que les ocupaba era uno de ellos.

—¿Dónde es? —preguntó Bosch.

—En el observatorio que está encima de la presa de Mulholland. ¿Conoces el sitio?

—Sí, he estado allí.

Bosch se levantó y se acercó a la mesa del comedor. Abrió un cajón concebido para la cubertería y sacó un bolígrafo y una libretita. En la primera página de la libreta anotó la fecha y la ubicación de la escena del crimen.

—¿Algún otro detalle que tenga que conocer? —preguntó Bosch.

—No mucho —contestó Gandle—. Ya te digo, me lo han descrito como una ejecución. Dos tiros en la nuca. Alguien llevó a este tipo allí arriba y le esparció los sesos por toda aquella bonita vista.

Bosch asimiló la descripción un momento antes de formular la siguiente pregunta.

—¿Saben quién es la víctima?

—Los de Hollywood están trabajando en ello. Quizá tengan algo cuando llegues allí. Está prácticamente en tu barrio, ¿no?

—No muy lejos.

Gandle le dio a Bosch más detalles de la ubicación de la escena del crimen y le preguntó si podía llamar a su compañero. Bosch dijo que él se encargaría.

—Muy bien, Harry, ve a ver qué pasa, luego me llamas y me cuentas. Tú despiértame. Todos los demás lo hacen.

Bosch pensó que era propio de un supervisor quejarse de que le despertara una persona a la que él levantaba de la cama rutinariamente a lo largo de su relación laboral.

—Claro —dijo Bosch, y colgó.

Inmediatamente llamó a Ignacio Ferras, su nuevo compañero. Ferras era veinte años más joven que él y de otra cultura, y todavía se estaban tanteando. Bosch estaba convencido de que, aunque sería un proceso lento, el vínculo se crearía. Siempre ocurría.

Ferras, que se despertó por la llamada de Bosch, se puso alerta con rapidez. Parecía ansioso por responder, lo cual estaba bien. El único problema era que vivía en Diamond Bar, y eso significaba que tardaría al menos una hora en llegar a la escena del crimen. Bosch había hablado con él al respecto el día que los habían asignado como compañeros, pero Ferras no estaba interesado en trasladarse. Contaba con un sistema de reagrupación familiar en Diamond Bar y quería mantenerlo.

Bosch sabía que llegaría a la escena del crimen mucho antes que Ferras, y por tanto tendría que encargarse de cualquier fricción por sí solo. Arrebatar un caso a la brigada divisional siempre era un asunto delicado. La decisión normalmente la tomaban los supervisores, no los detectives de homicidios en la escena del crimen. Ningún detective de homicidios digno de su placa dorada renunciaría a un caso. Simplemente, eso no formaba parte de la misión.

—Nos vemos allí, Ignacio —dijo Bosch.

—Harry, ya te lo he dicho. Llámame Iggy. Todo el mundo lo hace.

Bosch no dijo nada. No quería llamarle Iggy; no creía que fuera un nombre que encajara con el peso del puesto y la misión. Confiaba en que su compañero se diera cuenta de ello y dejara de pedírselo.

11

Pensó algo y añadió una instrucción: que Ferras se pasara por el Parker Center de camino y cogiera un coche. Eso retrasaría unos minutos su llegada, pero Bosch planeaba ir en su propio vehículo a la escena y sabía que le quedaba poca gasolina.

—Vale, te veo allí —se despidió Bosch, sin decir ningún nombre.

Colgó y cogió el abrigo del armario que había junto a la puerta de la calle. Al ponérselo se miró en el espejo de la parte interior de la puerta. A los cincuenta y seis años estaba delgado y se mantenía en forma; incluso podría permitirse engordar unos pocos kilos, mientras que los demás detectives de su edad ya habían echado barriga. En Homicidios Especiales había un par de detectives conocidos como Cuba y Tonel por sus amplias dimensiones, pero Bosch no tenía que preocuparse por eso.

El gris todavía no se había impuesto por completo al castaño de su cabello, aunque estaba cerca de la victoria. Sin embargo, sus ojos oscuros y vivaces estaban preparados para el reto que le aguardaba en el mirador. En sus propias pupilas, Bosch vio una comprensión de la esencia del trabajo de un detective de homicidios: vio que, cuando saliera por aquella puerta, se sentiría deseoso y capacitado para hacer lo que hiciera falta, costara lo que costase, para cumplir con su obligación. Pensarlo le hizo sentirse a prueba de balas.

Su mano izquierda cruzó el torso para sacar la pistola de la funda que llevaba en la cadera derecha. Era una Kimber Ultra Carry. Comprobó rápidamente el cargador y el mecanismo y volvió a enfundarla.

Harry Bosch estaba preparado. Abrió la puerta.

El teniente no sabía demasiado del caso, pero tenía razón en una cosa: la escena del crimen no estaba lejos de la casa de Bosch. Harry bajó por Woodrow Wilson Drive hasta Cahuenga y luego enfiló Barham para cruzar la autovía 101. Desde allí sólo quedaba un rápido ascenso por Lake Hollywood Drive hasta un barrio de casas que se apiñaban en las colinas que rodeaban el embalse y la presa de Mulholland. Eran viviendas caras.

Rodeó el embalse vallado, deteniéndose sólo un momento al encontrarse a un coyote en la carretera. Los ojos del coyote quedaron atrapados por los focos y refulgieron antes de que el animal le diera la espalda y cruzara lentamente la calle para desaparecer entre los arbustos. No tenía prisa por apartarse del camino, como si desafiara a Bosch a actuar. Le recordó sus días de patrulla, cuando percibía el mismo reto en las miradas de casi todos los jóvenes que se encontraba en la calle.

Después de pasar el embalse siguió subiendo por Tahoe Drive hasta las colinas y luego enlazó con el extremo oriental de Mulholland Drive, donde se hallaba un mirador no oficial de la ciudad. Había carteles que decían PROHIBIDO APARCAR y MIRADOR CERRADO DE NOCHE, pero eran sistemáticamente ignorados a todas horas.

Bosch aparcó detrás del cortejo de vehículos oficiales: la furgoneta del forense y la del juez de instrucción, así como varios automóviles policiales identificados y sin identificar. La cinta policial amarilla delimitaba el perímetro externo de la escena del crimen, dentro del cual había un Porsche Carrera con el capó levantado. El Porsche estaba aislado por más cinta amarilla y eso llevó a Bosch a pensar que, casi con seguridad, se trataba del coche de la víctima.

Paró el motor y salió. Un agente de patrulla destinado al perímetro exterior anotó su nombre y número de placa —2997— y le permitió pasar por debajo de la cinta amarilla. Bosch se acercó al lugar del crimen. Habían instalado dos torres de focos a ambos lados del cadáver, que se hallaba en el centro de un descampado con vistas a la ciudad. Cuando Bosch se acercó, vio a técnicos forenses y personal del juzgado de instrucción ocupados con el cadáver y la zona de alrededor, así como a un técnico con una cámara de vídeo que estaba documentando la escena.

—Harry, aquí.

13

Al volverse, Bosch vio al detective Jerry Edgar apoyado en el capó de un coche de detectives sin identificar. Sostenía una taza de café y daba la sensación de estar esperando. Se separó del coche cuando Bosch se acercó.

Edgar había sido compañero de Bosch cuando ambos trabajaban en la división de Hollywood. Entonces Bosch era jefe de equipo en la brigada de homicidios, y ahora esa posición la ostentaba Edgar.

—Esperaba a alguien de Robos y Homicidios —dijo Edgar—. No sabía que serías tú, tío.

—Pues soy yo.

—¿Trabajas solo?

—No, mi compañero está en camino.

—Tu nuevo compañero, ¿no? No había tenido noticias tuyas desde aquella movida en Echo Park el año pasado.

—Sí. Bueno, ¿qué tenemos aquí?

14 Bosch no quería hablar de Echo Park con Edgar; de hecho, no quería hablar de ello con nadie. Quería permanecer concentrado en el caso que le ocupaba. Era su primera investigación desde su traslado a Homicidios Especiales, y sabía que habría mucha gente observando sus movimientos. Y entre esa gente algunas personas que esperaban verlo caer.

Edgar se apartó para que Bosch examinara el maletero del coche. Harry sacó las gafas y se las puso al inclinarse a mirar. No había mucha luz, pero vio un despliegue de bolsas de pruebas, cada una de las cuales contenía distintos elementos que había llevado la víctima: una billetera, un llavero y una tarjeta de identificación con pinza. También había un grueso fajo de billetes y un móvil BlackBerry que todavía continuaba encendido, con su luz verde destellando y preparado para recibir llamadas que su propietario nunca contestaría.

—El tío del juzgado de instrucción acaba de darme todo esto —dijo Edgar—. Tendrían que terminar con el cadáver en unos diez minutos.

Bosch cogió la bolsa que contenía la tarjeta de identificación y la inclinó hacia la luz. Decía «Saint Agatha's Clinic for Women». En ella aparecía la fotografía de un hombre de cabello y ojos oscuros que sonreía a la cámara y se identificaba como el doctor Stanley Kent. Bosch se fijó en que la tarjeta de identificación era asimismo una llave magnética.

—¿Hablas mucho con Kiz? —preguntó Edgar.

Era una referencia a la antigua compañera de Bosch, que se había trasladado después del caso de Echo Park a un puesto administrativo en la oficina del jefe de policía.

—No mucho. Pero le va bien.

Bosch pasó a las otras bolsas de pruebas, deseando cambiar el tema de conversación desde Kiz Rider al caso que les ocupaba.

—¿Por qué no me cuentas lo que tienes, Jerry? —dijo.

—Encantado —dijo Edgar—. Encontraron el fiambre hace una hora. Como verás por las señales de la calle, está prohibido aparcar aquí arriba y merodear después de que oscurezca. Hollywood siempre manda que una patrulla se pase por aquí unas cuantas veces cada noche para espantar a los fisgones; así tienen contentos a los ricos del barrio. Me han dicho que esa casa de allí arriba es de Madonna. O lo era.

Edgar señaló una mansión que se extendía a unos cien metros del calvero. El claro de luna perfilaba una torre que se elevaba por encima de la estructura. La mansión, pintada alternando tonos de color óxido y amarillo, como una iglesia toscana, se alzaba en un promontorio que ofrecía una magnífica vista de la ciudad a quien mirara a través de sus ventanales. Bosch imaginó a la estrella del pop en la torre, contemplando la ciudad que yacía a sus pies. Volvió a mirar a su antiguo compañero, listo para escuchar el resto del informe.

—El coche patrulla pasa en torno a las once y los tipos ven el Porsche con el capó delantero levantado. El motor está en la parte de atrás en esos Porsche, Harry, lo que significa que el maletero estaba abierto.

15

—Entendido.

—Vale, eso ya lo sabías. La cuestión es que el coche patrulla para. Los dos agentes no ven a nadie en el Porsche ni alrededor, así que bajan del vehículo. Uno de ellos se acerca y encuentra a nuestra víctima. Está boca abajo y presenta dos tiros en la nuca. Una ejecución, más claro el agua.

Bosch señaló con la cabeza la credencial de la bolsa de pruebas.

—¿Y es este tipo, Stanley Kent?

—Eso parece. Según la credencial y la billetera se trata de Stanley Kent, de cuarenta y dos años. Vivía en Arrowhead Drive, aquí al lado. Hemos comprobado la matrícula del Porsche y resulta que pertenece a una empresa llamada K and K Medical Physicists. Acabo de verificar a Kent en el sistema y ha salido muy limpio: unas pocas multas por exceso de velocidad con el Porsche y nada más. Un tipo cabal.

Bosch asintió con la cabeza al asimilar toda la información.

—Yo no voy a quejarme porque me quites el caso, Harry —dijo Edgar—. Tengo a un compañero en el tribunal este mes y al otro lo he dejado en la primera escena que nos ha tocado hoy, un tres bolsas con una cuarta víctima en coma en el Queen of Angels.

Bosch recordó que las brigadas de homicidios de Hollywood estaban compuestas por equipos de tres personas en lugar de las parejas tradicionales.

—¿Alguna posibilidad de que el tres bolsas esté relacionado con éste?

Señaló a la reunión de técnicos en torno al cadáver del mirador.

—No, es un tiroteo de bandas —dijo Edgar—. Creo que esto no tiene nada que ver y me alegro de que te lo quedes.

—Bien —dijo Bosch—. Te dejaré ir lo antes que pueda. ¿Alguien ha mirado ya el coche?

—La verdad es que no. Os esperábamos.

—Vale. ¿Alguien ha ido a la casa de la víctima en Arrowhead?

—Todavía no.

—¿Alguien ha hablado con los vecinos?

—Todavía no. Estamos trabajando primero la escena.

Edgar obviamente había decidido enseguida que el caso se pasaría a Robos y Homicidios. A Bosch le molestaba que no hubieran hecho nada, pero al mismo tiempo sabía que desde el principio sería trabajo suyo y de Ferras, y eso no era malo. El departamento contaba con un largo historial de casos dañados o malogrados al ser traspasados de los equipos de detectives divisionales a los del centro. Bosch miró al calvero iluminado y contó un total de cinco hombres de los equipos del juez de instrucción y el forense trabajando en el cadáver o a su alrededor.

—Bueno —dijo—, puesto que estáis trabajando primero la escena del crimen, ¿alguien ha buscado huellas de pisadas en torno al cadáver antes de dejar que se acercaran los técnicos?

Bosch no pudo evitar que el enfado se percibiera en su voz.

—Harry —dijo Edgar, cuyo tono traicionó su irritación con el enfado de Bosch—, por este observatorio pasan doscientas personas cada puto día. Podríamos estar buscando huellas hasta Navidad si quisiéramos tomarnos la molestia, pero teníamos un cadáver en un espacio público y necesitábamos ponernos con él. Además, parece el golpe de un profesional. Eso significa que los zapatos, la pistola, el coche y todo lo demás ya han desaparecido hace mucho.

Bosch asintió. Quería seguir adelante sin hacer caso de ese razonamiento.

—Vale —dijo sin alterarse—, entonces supongo que ya te puedes ir.

Edgar asintió con la cabeza y Bosch pensó que podría estar avergonzado.

—Como he dicho, Harry, no esperaba que fueras tú.

Lo cual significaba que no habría escurrido el bulto por Harry, sólo por algún otro detective de Robos y Homicidios.

—Claro —dijo Bosch—. Entiendo.

Después de que Edgar se fuese, Bosch volvió a su coche y sacó la linterna Maglite del maletero. Se acercó al Porsche, se puso los guantes y abrió la puerta del lado del conductor, inclinándose hacia el coche para examinarlo. En el asiento del pasajero había un maletín. No estaba cerrado con llave y, al abrirlo, Bosch vio varias carpetas, una calculadora, algunas libretas, bolis y papeles. Volvió a cerrar el maletín y lo dejó en su sitio. Su posición en el asiento parecía indicarle que el muerto había llegado al mirador por sus própios medios. Se había encontrado con el asesino allí. Este hecho, pensó Bosch, podría ser significativo.

A continuación, abrió la guantera y cayeron al suelo varias credenciales como la que se había hallado en el cuerpo de la víctima. Las recogió una a una y vio que cada tarjeta de acceso estaba emitida por un hospital local diferente. Ahora bien, las llaves magnéticas mostraban todas ellas el mismo nombre y foto: Stanley Kent, presuntamente el hombre asesinado en el descampado.

Bosch se fijó en que había anotaciones manuscritas en el reverso de varias de las tarjetas. Las examinó un buen rato. La mayoría eran números con las letras L o R al final y concluyó que correspondían a combinaciones de cerradura.

Siguió hurgando en la guantera y encontró todavía más credenciales y llaves magnéticas. Al parecer, el muerto —si es que se trataba de Stanley Kent— tenía acceso a casi todos los hospitales del condado de Los Ángeles y contaba con las combinaciones de las cerraduras de seguridad de los mismos. Bosch consideró por un momento la posibilidad de que los documentos de identificación y las correspondientes llaves fueran falsificadas y hubieran sido utilizadas por la víctima en algún tipo de estafa.

Volvió a guardar todo en la guantera y la cerró. Luego miró debajo y entre los asientos, pero no encontró nada de interés. Retrocedió y se acercó al maletero abierto.

El maletero era pequeño y estaba vacío, pero Bosch reparó en que había cuatro muescas en la alfombrilla. Estaba claro que habían transportado en el maletero algo pesado y cuadrado, con cuatro patas o ruedas. Puesto que el maletero se encontró abierto, era probable que el objeto —fuera lo que fuese— hubiera sido robado tras el asesinato.

—¿Detective?

Bosch se volvió y puso el haz de su linterna en el rostro del agente de patrulla, que era el mismo que había anotado su nombre y número de placa en el perímetro. Bosch bajó la linterna.

—¿Qué pasa?

—Hay una agente del FBI aquí. Pide permiso para entrar en la escena del crimen.

—¿Dónde está?

El agente lo condujo otra vez por debajo de la cinta amarilla. Al acercarse, Bosch vio a una mujer de pie junto a la puerta abierta de un coche. Estaba sola y no estaba sonriendo. Bosch sintió en el pecho el mazazo de un reconocimiento incómodo.

—Hola, Harry —dijo ella al verle.

—Hola, Rachel.

2

*B*osch no estaba seguro de cuánto tiempo había transcurrido desde la última vez que había visto a la agente especial del FBI Rachel Walling. De lo que sí estaba seguro, al acercarse a la cinta, era de que desde entonces no había pasado un solo día sin pensar en ella. Sin embargo, nunca había imaginado que se encontrarían en plena noche en el escenario de un crimen. Walling llevaba tejanos, una blusa de vestir y una chaqueta de color azul marino. Su cabello oscuro estaba despeinado, pero a Harry seguía pareciéndole hermosa. Obviamente, la habían llamado a su casa, igual que a Bosch. No estaba sonriendo, y eso le recordó a Harry lo mal que habían terminado las cosas la última vez.

—Mira —dijo Bosch—, ya sé que no te he estado haciendo caso, pero no tenías que tomarte la molestia de buscarme en una escena del crimen sólo para...

—No es momento de bromas —dijo ella, cortándole—, si esto es lo que creo que podría ser.

Se habían visto por última vez en el caso de Echo Park. Entonces Bosch había descubierto que Walling trabajaba en una enigmática unidad del FBI llamada Inteligencia Táctica. Walling nunca le había explicado exactamente el cometido de la unidad y Bosch no insistió, porque no era importante para la investigación. Había recurrido a ella por su anterior ocupación de *profiler* y por su antigua relación personal. El caso de Echo Park se torció, y con él cualquier posibilidad de otro romance. Ahora, al mirar a Rachel, Bosch se dio cuenta de que ella sólo pensaba en el trabajo y tuvo la sensación de que iba a descubrir qué era la Unidad de Inteligencia Táctica.

—¿Qué crees que podría ser? —preguntó.

—Te lo diré cuando pueda decírtelo. ¿Me dejas ver la escena, por favor?

A regañadientes, Bosch levantó la cinta de plástico y respondió a la actitud distante de Walling con su sarcasmo habitual.

—Adelante, agente Walling —dijo—. Como si estuviera en su casa.

Walling pasó por debajo de la cinta y se detuvo, respetando al menos el derecho de Bosch de conducirla a la escena del crimen.

—De hecho, tal vez pueda ayudarte —dijo ella—. Si veo el cadáver, podría hacer una identificación formal.

Rachel levantó una carpeta que llevaba en la mano.

—Por aquí, entonces —dijo Bosch.

Bosch la condujo hasta el descampado donde la cruda luz fluorescente de las unidades móviles iluminaba a la víctima. El muerto yacía sobre el suelo anaranjado, a un metro y medio del precipicio que se abría al borde del mirador. Más allá del cadáver, la luz de la luna se reflejaba en la presa de debajo. Al otro lado de la presa, la ciudad se desplegaba en un manto de un millón de luces que flotaban como sueños trémulos en el aire frío de la noche.

Bosch extendió el brazo para detener a Walling al borde del círculo de luz. El forense había girado el cadáver, que ahora se hallaba boca arriba. Se apreciaban abrasiones en el rostro y la frente de la víctima, pero Bosch pensó que reconocía al hombre de las fotos de los documentos de identificación de los diversos hospitales que había encontrado en la guantera: era Stanley Kent. Tenía la camisa abierta, exponiendo un pecho sin pelo de

21

piel pálida, y había una marca de incisión en un costado del torso, donde el forense había clavado una sonda para medir la temperatura del hígado.

—Buenas noches, Harry —dijo Joe Felton, el forense—. ¿Quién es tu amiga? Pensaba que te habían puesto con Iggy Ferras.

—Estoy con Ferras —respondió Bosch—. Ésta es la agente especial Walling, de la Unidad de Inteligencia Táctica del FBI.

—¿Inteligencia Táctica? ¿Qué será lo próximo que se les ocurra?

—Creo que es una de esas operaciones estilo Seguridad Nacional. Ya sabes, «no preguntes, no lo cuentes»; ese rollo. Dice que podría confirmarnos la identificación.

Walling dedicó a Bosch una mirada que le recriminaba su comportamiento infantil.

—¿Te importa que pasemos, doctor? —preguntó Bosch.

—Adelante, Harry, ya casi hemos terminado aquí.

Bosch empezó a avanzar, pero Walling se interpuso rápidamente y se colocó delante de él y bajo la fuerte luz. Sin vacilar, la agente se situó al otro lado del cadáver y abrió la carpeta. Sacó un retrato en color de 20x25 centímetros y se agachó, sosteniendo la foto junto al rostro del cadáver. Bosch se acercó a su lado para hacer la comparación por sí mismo.

—Es él —dijo Walling—. Stanley Kent.

Bosch mostró su conformidad con un gesto y le ofreció la mano para que ella pudiera volver a pasar por encima del cadáver. Walling lo ignoró y lo hizo sin ayuda. Bosch miró a Felton, que estaba agachado junto al cadáver.

—Entonces, doctor, ¿quieres decirnos qué tenemos aquí? —preguntó Bosch, acuclillándose al otro lado de la víctima para gozar de una mejor perspectiva.

—Tenemos a un hombre al que trajeron aquí, o vino por alguna razón, y le hicieron ponerse de rodillas. —Felton señaló los pantalones de la víctima. Había manchas de tierra anaranjada en ambas rodillas—. Alguien le disparó dos tiros en la nuca y el hombre cayó de bruces. Las heridas faciales que ves se produjeron cuando tocó el suelo. Entonces ya estaba muerto.

Bosch asintió.

—No hay heridas de salida —añadió Felton—. Probablemente utilizaron un arma pequeña, como una veintidós con efecto rebote dentro del cráneo. Muy eficaz.

Bosch se dio cuenta de que el teniente Gandle había estado hablando en sentido figurado al mencionar que los sesos de la víctima se habían esparcido por la vista del mirador. En el futuro, tendría que recordar la tendencia de Gandle a la hipérbole.

—¿Hora de la muerte? —le preguntó a Felton.

—Según la temperatura del hígado, diría que hace cuatro o cinco horas —repuso el forense—. A las ocho, más o menos.

Este último detalle inquietó a Bosch. Sabía que a las ocho ya habría oscurecido y ya haría rato que todos los adoradores del anochecer se habrían marchado; aun así, los tiros habrían resonado desde el mirador y en las casas de los riscos cercanos. Sin embargo, nadie había llamado a la policía, y el cuerpo no fue hallado hasta que un coche patrulla pasó casualmente al cabo de tres horas.

—Sé lo que estás pensando —dijo Felton—. ¿Y el sonido? Hay una posible explicación. Chicos, dadle otra vez la vuelta.

Bosch se levantó y se quitó de en medio para que Felton y uno de sus ayudantes dieran la vuelta al cadáver. Bosch miró a Walling y por un momento ambos se sostuvieron la mirada, hasta que ella volvió a examinar el cadáver.

Con el cuerpo boca abajo, quedaron expuestas las heridas de bala en la nuca. El cabello negro de la víctima estaba apelmazado de sangre. La parte de atrás de su camisa blanca estaba salpicada con una fina llovizna de una sustancia marrón que inmediatamente atrajo la atención de Bosch. Había estado en más escenas de crimen de las que era capaz de contar y no creía que fuera sangre lo que manchaba la camisa del muerto.

—Eso no es sangre, ¿no?

—No —dijo Felton—. Creo que en el laboratorio descubriremos que es jarabe de Coca-Cola, el residuo que puede encontrarse en el fondo de una lata o botella vacía.

Walling respondió antes de que Bosch pudiera hacerlo.

—Un silenciador improvisado para amortiguar el sonido de los disparos —dijo—. Enganchas una botella vacía de plástico al cañón del arma y el sonido del disparo se reduce significativamente porque las ondas se proyectan en la botella más que al aire libre. Si la botella tiene un residuo de Coca-Cola, el líquido salpica en el objetivo del disparo.

Felton miró a Bosch y asintió de manera aprobatoria.

—¿De dónde la has sacado, Harry? Es un buen partido.

Bosch miró a Walling. Él también estaba impresionado.

—Internet —explicó ella.

Bosch asintió, aunque no la creía.

—Y hay una cosa más en la que deberíais fijaros —dijo Felton, atrayendo la atención de ambos hacia la víctima.

Bosch se agachó otra vez, y Felton se estiró para señalar la mano del difunto en el lado de Bosch.

—Lleva uno de éstos en cada mano.

Estaba señalando un anillo de plástico de color rojo en el dedo corazón. Bosch lo miró y se fijó en la otra mano, donde vio un anillo rojo idéntico. Las sortijas tenían una especie de cinta de color blanco en la parte que quedaba en la cara interior de cada mano.

—¿Qué son? —preguntó Bosch.

—Todavía no lo sé —dijo Felton—, pero creo…

—Yo sí —dijo Walling.

Bosch levantó la mirada hacia ella. Asintió. Por supuesto que ella lo sabía.

—Se llaman anillos DTL —dijo Walling—. Son las siglas de dosimetría termoluminiscente. Es un dispositivo de advertencia previa que mide la exposición a la radiación.

La noticia produjo un silencio inquietante en los reunidos hasta que Walling continuó.

—Y les daré un consejo —dijo—. Cuando están vueltos hacia dentro de esta manera, con la pantalla de DTL en el lado de la palma de la mano, suele significar que el portador manipula directamente materiales radiactivos.

Bosch se levantó.

—Muy bien —ordenó—, que todo el mundo se aparte del cadáver. Hacia atrás.

Los técnicos de la escena del crimen, el equipo del juez de instrucción y Bosch empezaron a retroceder, pero Walling no se movió. La agente del FBI levantó las manos como si estuviera convocando la atención de una congregación en la iglesia.

—Un momento, un momento —dijo—. Nadie ha de retroceder. No pasa nada. No hay peligro.

Todos se detuvieron, pero nadie volvió a sus posiciones originales.

—Si hubiera una amenaza de exposición aquí, las pantallas de DTL de los anillos estarían negras —dijo Walling—. Ésa es la primera advertencia. Pero no se han puesto negras, así que estamos todos a salvo. Además, tengo esto.

Se abrió un poco la chaqueta para mostrar una cajita negra enganchada a su cinturón como si fuera un busca.

—Es un monitor de radiación —explicó—. Si tuviéramos un problema, creedme, este chisme estaría zumbando y yo sería la primera en salir corriendo. Pero no es así. Todo está en orden, ¿vale?

La gente de la escena del crimen empezó vacilantemente a regresar a sus posiciones. Harry Bosch se acercó a Walling y la agarró por el codo.

—¿Podemos hablar un momento?

Salieron del calvero en dirección a la acera de Mulholland. Bosch sintió que la situación cambiaba, pero trató de no evidenciarlo. Estaba agitado. No quería perder el control de la escena

25

del crimen, y esa clase de información suponía una clara amenaza.

—¿Qué estás haciendo aquí, Rachel? —preguntó—. ¿Qué está pasando?

—Igual que tú, yo he recibido una llamada en plena noche. Me han pedido que viniera.

—Eso no me dice nada.

—Te aseguro que he venido para ayudar.

—Entonces empieza por decirme exactamente qué estás haciendo aquí y quién te ha enviado. Eso me ayudaría mucho.

Walling miró a su alrededor y luego volvió a mirar a Bosch. La agente señaló más allá del perímetro de la cinta amarilla.

—¿Me acompañas?

Bosch extendió la mano para que Walling fuera delante. Pasaron por debajo de la cinta. Cuando Bosch juzgó que estaban fuera del alcance auditivo del resto de los congregados en la escena del crimen, se detuvo y la miró.

—Vale, ya estamos bastante lejos —dijo—. ¿Qué está pasando? ¿Quién te ha hecho venir?

Walling lo miró a los ojos otra vez.

—Escucha, lo que te cuente ha de ser confidencial —dijo ella—. Por ahora.

—Mira, Rachel, no tengo tiempo para...

—Stanley Kent está en una lista. Cuando tú o uno de tus colegas introdujo su nombre en el ordenador esta noche, saltó una alarma en Washington D.C. y yo recibí una llamada en Táctica.

—¿Qué? ¿Era un terrorista?

—No, era un físico médico. Y, por lo que yo sé, un ciudadano que cumplía con la ley.

—Entonces, ¿qué significan los anillos de radiación y la aparición del FBI en medio de la noche? ¿En qué lista estaba Stanley Kent?

Walling no hizo caso de la pregunta.

—Deja que te pregunte una cosa, Harry. ¿Alguien ha ido a casa de este hombre o a ver a su mujer?

—Todavía no. Estamos trabajando primero en la escena del crimen. Pensaba...

—Entonces creo que hemos de hacerlo ahora mismo —dijo Walling con apremio—. Podrás preguntarme por el camino. Coge las llaves del tipo por si hemos de entrar, y yo iré a buscar mi coche.

Walling empezó a alejarse, pero Bosch la agarró del brazo.

—Conduzco yo —dijo.

Señaló el Mustang y dejó a Walling allí. Bosch se dirigió al coche patrulla, donde las bolsas de pruebas todavía continuaban esparcidas sobre el capó. Por el camino lamentó haber dejado que Edgar se marchara de la escena. Hizo una seña al sargento para que se acercara.

—Escucha, he de ir a la casa de la víctima. No tardaré mucho, y el detective Ferras llegará en cualquier momento. Sólo mantén la escena del crimen hasta que uno de nosotros llegue aquí.

—Entendido.

Bosch sacó el móvil y llamó a su compañero.

—¿Dónde estás?

—Acabo de salir del Parker Center. Estoy a veinte minutos.

Bosch explicó que iba a abandonar la escena del crimen y pidió a Ferras que se diera prisa. Colgó, agarró del capó del coche la bolsa de pruebas que contenía el llavero y se la guardó en el bolsillo de la chaqueta.

Al llegar a su coche, vio que Walling ya estaba en el asiento del pasajero. Estaba terminando una llamada y cerrando el teléfono.

—¿Quién era? —preguntó Bosch—. ¿El presidente?

—Mi compañero —repuso ella—. Le he dicho que se reúna conmigo en la casa. ¿Dónde está el tuyo?

—Está en camino.

27

Bosch arrancó el Mustang. En cuanto estuvieron en marcha empezó a hacer preguntas.

—Si Stanley Kent no era un terrorista, ¿en qué lista estaba?

—Como físico médico, tenía acceso a materiales radiactivos. Eso lo pone en una lista.

Bosch pensó en todas las tarjetas de identificación de hospitales que había encontrado en el Porsche del muerto.

—Acceso, ¿dónde? ¿En los hospitales?

—Exactamente. Allí es donde se guardan. Son materiales que sobre todo se usan en el tratamiento del cáncer.

Bosch asintió. Estaba captando la idea, pero todavía le faltaba información.

—Vale, ¿qué me estoy perdiendo, Rachel? Explícamelo.

—Stanley Kent tenía acceso directo a materiales que a cierta gente le gustaría tener en su poder. Materiales que podrían ser muy valiosos para estas personas, pero no para el tratamiento del cáncer.

—Terroristas.

—Exactamente.

—¿Estás diciendo que este tipo podía entrar sin más en un hospital y coger ese material? ¿No hay regulación al respecto?

Walling asintió con la cabeza.

—Siempre hay regulación, Harry, pero con tenerla no basta. Repetición, rutina, ésas son las fisuras en cualquier sistema de seguridad. Antes no se cerraban con llave las puertas de la cabina del piloto en las líneas comerciales; ahora sí. Hace falta un suceso capaz de alterar la forma de vida para cambiar procedimientos y fortalecer precauciones. ¿Entiendes lo que estoy diciendo?

Pensó en las anotaciones de la parte de atrás de algunas de las tarjetas de identificación que pertenecían a la víctima del Porsche. ¿Era posible que Stanley Kent hubiera sido tan poco estricto con la seguridad de estos materiales como para apuntar las combinaciones en el reverso de su tarjeta de identificación?

El instinto de Bosch le decía que la respuesta era que probablemente sí.

—Entiendo —le dijo a Walling.

—Entonces, si tuvieras que burlar un sistema de seguridad existente, no importa lo fuerte o débil que fuese, ¿a quién acudirías? —preguntó ella.

Bosch asintió.

—A alguien con un conocimiento profundo de ese sistema de seguridad.

—Exactamente.

Bosch giró en Arrowhead Drive y empezó a buscar los números de las direcciones en la acera.

—¿Me estás diciendo que esto podría ser un suceso capaz de alterar nuestra forma de vida?

—No, no estoy diciendo eso. Todavía no.

—¿Conocías a Kent?

Bosch miró a Walling mientras preguntaba y ella pareció sorprendida por la pregunta. Era una posibilidad remota, pero Bosch la lanzó para ver la reacción, no necesariamente para obtener una respuesta. Walling le dio la espalda y miró por la ventanilla antes de responder. Ese movimiento la delató. Bosch sabía que a continuación le mentiría.

—No, nunca lo había visto.

Bosch se metió en el siguiente sendero y paró el coche.

—¿Qué estás haciendo? —preguntó ella.

—Aquí es. Es la casa de Kent.

Estaban delante de una casa que no tenía luces encendidas dentro ni fuera. No parecía que alguien viviese allí.

—No, no lo es —dijo Walling—. Su casa está a una manzana y…

Se detuvo al darse cuenta de que Bosch la había puesto en evidencia. Bosch la miró un momento en la oscuridad del coche antes de hablar.

—¿Quieres ser franca conmigo o prefieres bajar del coche?

—Mira, Harry, te lo he dicho. Hay cosas que no puedo...

—Baja del coche, agente Walling. Me ocuparé yo solo.

—Has de compren...

—Es un homicidio: mi caso de homicidio. Baja del coche. Rachel Walling no se movió.

—Puedo hacer una llamada y te retirarán de esta investigación antes de que vuelvas a la escena del crimen —dijo ella.

—Entonces hazlo. Prefiero que me den una patada ahora que ser un muñeco para los federales. ¿No es este uno de los eslóganes del FBI: «mantener a los locales en la inopia y enterrarlos en mierda de vaca»? Bueno, conmigo no. No esta noche y no en mi propio caso.

Bosch empezó a estirar el brazo por encima del regazo de Rachel para abrirle la puerta del coche. Walling le empujó y levantó las manos en ademán de rendición.

—Muy bien, de acuerdo —dijo—. ¿Qué quieres saber?

—Esta vez quiero la verdad. Toda la verdad.

30

3

*B*osch se volvió en su asiento para mirar directamente a Walling. No iba a mover el coche hasta que ella empezara a hablar.

—Obviamente sabías quién era Stanley Kent y dónde vivía —dijo—. Me has mentido. Ahora dime, ¿era un terrorista o no?

—Te he dicho que no, y es la verdad. Era un ciudadano. Era físico. Estaba en una lista vigilada porque manejaba fuentes radiactivas que podrían usarse para causar daños a la población si cayeran en malas manos.

—¿De qué estás hablando? ¿Cómo ocurriría eso?

—Por medio de la exposición, que puede ser de muchas formas. Por ejemplo, la agresión individual, ¿recuerdas ese ruso al que el pasado día de Acción de Gracias le dieron una dosis de polonio en Londres? Eso fue un atentado a un objetivo específico, pero también hubo víctimas colaterales. El material al que tenía acceso Kent podría usarse también a escala mayor: en un centro comercial, un metro o donde sea. Todo depende de la cantidad y del dispositivo de dispersión.

—¿Dispositivo de dispersión? ¿Estás hablando de una bomba? ¿Alguien podría fabricar una bomba sucia con el material que él manejaba?

—Es una posible aplicación, sí.

—Pensaba que era una leyenda urbana, que no existen realmente las bombas sucias.

—La designación oficial es DEI, dispositivo explosivo improvisado. Y, si quieres expresarlo de esta manera, es una leyenda urbana hasta el preciso momento en que se detona la primera.

Bosch asintió y volvió al tema. Hizo un gesto hacia la casa que tenían delante.

—¿Cómo sabes que ésta no es la casa de Kent?

Walling se frotó la frente como si estuviera cansada y le doliera la cabeza de oír las fastidiosas preguntas de Bosch.

—Porque he estado en su casa, ¿vale? A finales del año pasado, mi compañero y yo fuimos a casa de Kent y advertimos a él y a su esposa de los potenciales riesgos de su profesión. Hicimos una evaluación de seguridad en su casa y les dijimos que tomaran precauciones. Nos lo había pedido el Departamento de Seguridad Nacional, ¿vale?

—Sí, de acuerdo. ¿Y fue una medida rutinaria de la Unidad de Inteligencia Táctica y el Departamento de Seguridad Nacional o fue porque se había producido una amenaza contra él?

—No, no hubo una amenaza dirigida específicamente a él. Mira, estamos perdiendo...

—¿Entonces a quién? ¿Una amenaza a quién?

Walling ajustó su posición en la silla y dio un bufido con exasperación.

—No era una amenaza contra nadie en concreto; simplemente tomamos precauciones. Hace dieciséis meses alguien entró en una clínica contra el cáncer en Greensboro, Carolina del Norte. Burlaron las minuciosas medidas de seguridad y se llevaron unos pequeños tubos de un radioisótopo llamado cesio 137 que, en aquel entorno, se usaba legítimamente en el tratamiento médico del cáncer de útero. No sabemos quién entró allí o por qué, pero se llevaron el material. Cuando se conoció la noticia del robo, alguien en el operativo antiterrorista aquí en Los Ángeles pensó que sería buena idea incrementar la seguridad de estas sustancias en los hospitales locales y advertir a quienes tienen acceso a ellas y las manipulan de que tomaran precauciones y estuvieran alerta. ¿Podemos ir ahora?

—Y ésa eras tú.

—Sí. Exacto. Tuvimos que poner en práctica la teoría federal del «goteo». Nos tocó a mí y a mi compañero ir a hablar con gente como Stanley Kent y su esposa. Fuimos a verlos a su casa para poder llevar a cabo una evaluación de seguridad de su domicilio, a la vez que les avisábamos de que debían cubrirse las espaldas. Por esa misma razón, he sido yo la que ha recibido la llamada cuando ha surgido su nombre.

Bosch puso marcha atrás y salió rápidamente del sendero de acceso.

—¿Por qué no me lo dijiste de entrada?

En la calle, el coche saltó hacia adelante cuando Bosch metió la marcha.

—Porque en Greensboro no mataron a nadie —respondió Walling desafiante—. Todo este asunto podría ser algo diferente. Me pidieron que me acercara con cautela y discreción; siento haberte mentido.

—Es un poco tarde para eso, Rachel. ¿Recuperasteis el cesio en Greensboro?

Walling no respondió.

—¿Lo recuperasteis?

—No, todavía no. Creen que se vendió en el mercado negro. El material en sí es muy valioso desde el punto de vista monetario, incluso si se utiliza en el contexto médico adecuado. Por eso no estamos seguros de lo que tenemos aquí. Y por eso me enviaron.

Al cabo de otros diez segundos estaban en la manzana correcta de Arrowhead Drive y Bosch empezó a buscar otra vez la dirección, pero Walling lo orientó.

—Creo que es ésa de la izquierda, la de los postigos negros. Es difícil saberlo por la noche.

Bosch metió el coche y puso la transmisión automática en la opción aparcar antes de que el coche se detuviera. Bajó de un salto y se dirigió a la puerta. La casa estaba a oscuras, ni siquie-

33

ra la luz de encima del portal estaba encendida. Sin embargo, al acercarse vio que la puerta de la calle estaba entornada.

—Está abierto —dijo.

Bosch y Walling desenfundaron sus armas. Bosch colocó la mano en la puerta y lentamente la empujó para abrirla. Con las pistolas en alto, entraron en la oscura y silenciosa casa y Bosch, rápidamente, hizo un movimiento de barrido con la mano hasta que encontró un interruptor.

Las luces se encendieron, iluminando una sala de estar ordenada y vacía, sin ninguna señal de problemas.

—¿Señora Kent? —Walling llamó en voz alta. Luego le dijo a Bosch en voz más baja—: Tiene esposa, sin hijos.

Walling llamó una vez más, pero la casa permaneció en silencio. Había un pasillo a la derecha y Bosch avanzó hacia él. Encontró un interruptor e iluminó un corredor con cuatro puertas cerradas y una estancia sin puerta. Se trataba de una oficina doméstica en cuya ventana Bosch advirtió un reflejo azul procedente de la pantalla de un ordenador. Pasaron junto a la oficina y avanzaron puerta por puerta, descartando lo que parecía un dormitorio de invitados y un gimnasio privado con máquinas de cardio y colchonetas de ejercicios colgadas de las paredes. La tercera puerta daba a un lavabo de cortesía que estaba vacío y la cuarta, al dormitorio principal.

Entraron en el dormitorio y Bosch una vez más encendió un interruptor. Encontraron a la señora Kent.

Estaba en la cama, desnuda, amordazada y con las manos atadas a la espalda. Tenía los ojos cerrados. Walling corrió hacia ella para ver si estaba viva mientras Bosch cruzaba el dormitorio para asegurarse de que no había peligro en el cuarto de baño ni en el vestidor. No había nadie.

Al volver junto a la cama vio que Walling había usado una navaja para cortar las bridas de plástico que habían usado para atar las muñecas y tobillos de la mujer. Rachel tapó a la mujer con la colcha. Había un inconfundible olor a orina en la habitación.

—¿Está viva? —preguntó Bosch.

—Está viva. Sólo se ha desmayado. La han dejado aquí así.

Walling empezó a frotar las muñecas y las manos de la mujer, que se habían oscurecido y amoratado por la falta de circulación sanguínea.

—Pide ayuda —ordenó.

Bosch, enfadado consigo mismo por no haber reaccionado hasta que se lo ordenaron, sacó el teléfono y salió al pasillo para llamar al centro de comunicaciones y solicitar una ambulancia.

—Diez minutos —dijo después de colgar y volver al dormitorio.

Bosch sintió que le recorría una oleada de excitación. Tenían una testigo viva. La mujer de la cama podría contarles al menos algo de lo que había ocurrido. Sabía que era de vital importancia conseguir que hablara lo antes posible.

Se oyó un quejido cuando la mujer recuperó la conciencia.

—Señora Kent, tranquila —dijo Walling—. Está bien. Ahora está a salvo.

La mujer se tensó y sus ojos se abrieron al ver a dos desconocidos delante de ella. Walling mostró sus credenciales.

—FBI, señora Kent. ¿Se acuerda de mí?

—¿Qué? ¿Qué ha…? ¿Dónde está mi marido?

Empezó a levantarse, pero se dio cuenta de que estaba desnuda bajo la colcha y trató de arroparse más. Al parecer, aún tenía los dedos entumecidos y no conseguía agarrar el tejido. Walling la ayudó con la colcha.

—¿Dónde está Stanley?

Walling se arrodilló a los pies de la cama para situarse a su misma altura. Miró a Bosch en busca de una pista respecto a cómo manejar la pregunta de la mujer.

—Señora Kent, su marido no está aquí —dijo Bosch—. Soy el detective Bosch, del Departamento de Policía de Los Ángeles, y ella es la agente Walling, del FBI. Estamos tratando de descubrir lo que le ha ocurrido a su marido.

35

La mujer miró a Bosch y luego a Walling y su atención se posó en la agente federal.

—La recuerdo —dijo—. Vino a casa para advertirnos. ¿Es eso lo que está pasando? ¿Los hombres que estuvieron aquí tienen a Stanley?

Rachel se inclinó hacia ella y le habló con voz calmada.

—Señora Kent, nosotros… Se llama Alicia, ¿verdad? Alicia, necesitamos que se calme un poco para que podamos hablar y posiblemente ayudarla. ¿Quiere vestirse?

Alicia Kent asintió con la cabeza.

—Vale, le dejaremos intimidad —dijo Walling—. Vístase y la esperaremos en la sala de estar. Primero déjeme preguntarle si la han herido de algún modo.

La mujer negó con la cabeza.

—¿Está segura…?

Walling no terminó, como si estuviera avergonzada por su propia pregunta. Bosch no lo estaba. Necesitaba saber con precisión lo que había ocurrido allí.

—Señora Kent, ¿la han agredido sexualmente?

La mujer negó otra vez con la cabeza.

—Me obligaron a desnudarme. Es lo único que hicieron.

Bosch examinó los ojos de Alicia Kent, esperando interpretar su mirada y ser capaz de determinar si estaba diciendo la verdad.

—Vale —dijo Walling, interrumpiendo el momento—. Dejaremos que se vista. De todos modos, cuando llegue la ambulancia tendrán que examinar si tiene heridas.

—Estoy bien —dijo Alicia Kent—. ¿Qué le ha pasado a mi marido?

—No estamos seguros de lo que ha ocurrido —dijo Bosch—. Vístase y venga a la sala de estar, entonces le contaremos lo que sabemos.

Agarrando la colcha en torno a su cuerpo, la mujer se levantó a tientas de la cama. Bosch vio la mancha en el colchón y

36

supo que Alicia Kent o bien había estado tan asustada durante la terrible experiencia que se había orinado o la espera del rescate había sido demasiado larga.

La mujer dio un paso hacia el armario y pareció desvanecerse. Bosch se acercó y la agarró antes de que cayera.

—¿Está bien?

—Estoy bien. Creo que sólo estoy un poco mareada. ¿Qué hora es?

Bosch miró el reloj digital que se hallaba en la mesilla de la derecha, pero la pantalla estaba en blanco. Estaba apagado o desenchufado. Giró la muñeca derecha sin soltarla y miró su propio reloj.

—Es casi la una de la mañana.

Bosch notó que el cuerpo de Alicia Kent se tensaba.

—Oh, Dios mío —gritó—. Han pasado horas, ¿dónde está Stanley?

Bosch colocó las manos en los hombros de ella y la ayudó a ponerse erguida.

—Vístase y hablaremos —dijo.

La mujer caminó vacilantemente hasta el armario y abrió la puerta. Había un espejo de cuerpo entero en el lado exterior de la puerta. Cuando ella la abrió, Bosch se encontró con su propio reflejo. En ese momento pensó que percibía algo nuevo en sus ojos, algo que no estaba ahí cuando se miró en el espejo antes de salir de casa. Una expresión de incomodidad, quizá incluso miedo a lo desconocido. Decidió que era comprensible. Había investigado un millar de casos de homicidio en su carrera, pero nunca uno que tomara la dirección en la que ahora se estaba adentrando. Quizá el temor era razonable.

Alicia Kent descolgó un albornoz blanco y se lo llevó al cuarto de baño. Dejó abierta la puerta del armario y Bosch tuvo que apartar la mirada de su propio reflejo.

Walling salió de la habitación y Bosch la siguió.

—¿Qué opinas? —preguntó ella al recorrer el pasillo.

—Opino que tenemos suerte de tener una testigo —repuso Bosch—. Podría contarnos lo que ocurrió.

—Ojalá.

Bosch decidió llevar a cabo una nueva revisión de la casa mientras esperaban a Alicia Kent. Esta vez registró el patio de atrás y el garaje, y otra vez todas las habitaciones. No vio nada fuera de lugar, aunque se fijó en que el garaje de dos plazas estaba vacío. Si los Kent tenían otro coche además del Porsche, no estaba en la propiedad.

Harry se quedó en el patio de atrás, mirando el cartel de Hollywood, y llamó otra vez a la central de comunicaciones para pedir que enviaran un segundo equipo forense para procesar la casa de Kent. También consultó el tiempo estimado de llegada de la ambulancia que venía a examinar a Alicia Kent y le dijeron que aún estaba a cinco minutos. Y habían pasado los diez minutos que era el tiempo estimado de llegada.

A continuación llamó al teniente Gandle a su casa. Lo despertó. Su supervisor escuchó con atención mientras Bosch lo ponía al corriente. La intervención federal y la creciente posibilidad de que estuvieran ante un acto de terrorismo le dio que pensar a Gandle.

—Bueno... —dijo, cuando Bosch hubo terminado—. Parece que voy a tener que despertar a alguna gente.

Se refería a que iba a tener que dar noticias del caso y de las dimensiones que estaba tomando a sus superiores en el departamento. La última cosa que quería o necesitaba un teniente de Robos y Homicidios era que lo llamaran a la oficina del jefe de policía por la mañana y le preguntaran por qué no había alertado inmediatamente del caso y sus crecientes implicaciones a sus superiores. Bosch sabía que Gandle actuaría para protegerse, así como para buscar instrucciones de arriba. A Bosch le parecía bien y lo esperaba, pero también le dio que pensar. El Departamento de Policía de Los Ángeles contaba con su propia Oficina de Seguridad Nacional, dirigida por un hombre al que la mayoría de sus compañeros veía como un elemento peligroso, poco cualificado e inadecuado para el trabajo.

—¿Uno de los que se van a despertar será el capitán Hadley? —preguntó Bosch.

El capitán Don Hadley era el hermano gemelo de James Hadley, que resultaba ser miembro de la Comisión de Policía, el consejo designado políticamente que supervisaba al departamento y contaba con autoridad para nombrar al jefe de policía o mantenerlo en el cargo. Menos de un año después de que James Hadley fuera asignado a la comisión tras el nombramiento del alcalde y la aprobación del ayuntamiento, su hermano gemelo ascendió de segundo al mando de la División de Tráfico del valle de San Fernando a jefe de la recién formada Oficina de Seguridad Nacional. En su momento se vio como una maniobra política del entonces jefe de policía, que estaba tratando desesperadamente de mantener el puesto. No funcionó. Lo despidieron y nombraron a un nuevo jefe, pero en la transición Hadley conservó su puesto de mando de la OSN.

El cometido de la OSN consistía en interactuar con las agencias federales y mantener un flujo de datos de inteligencia. En los últimos seis años, Los Ángeles había sido objetivo de terroristas en al menos dos ocasiones conocidas. En ambos incidentes, el departamento de policía descubrió la amenaza después de que hubiera sido frustrada por los federales, con el consecuente bochorno para aquél. La OSN se formó para que el departamento pudiera hacer avances en materia de inteligencia y en última instancia conocer lo que el gobierno federal sabía de su propia casa.

El problema era que, en la práctica, había fundadas sospechas de que los federales no informaban debidamente al departamento. Para ocultar este fracaso y justificar su posición y su unidad, el capitán Hadley se había aficionado a las conferencias de prensa apoteósicas y a presentarse con sus hombres de negro de la OSN en cualquier escena del crimen donde hubiera una posibilidad, aunque fuera remota, de implicación terrorista. Un camión cisterna volcado en la autovía de Hollywood provocó que la OSN acudiera en pleno, hasta que se determinó que el camión transportaba leche. Un tiroteo en un templo rabínico de Westwood causó la misma respuesta, hasta que quedó claro que el incidente había sido producto de un triángulo amoroso.

Y así sucesivamente. Después del cuarto tiro por la culata, el jefe de la OSN fue bautizado con un nuevo nombre entre la tropa: Don Hadley pasó a ser conocido como el capitán Done Badly.[1]

Aun así, permaneció en el puesto gracias al fino velo de política que pendía sobre su nombramiento. Lo último que había oído Bosch sobre Hadley en la radio macuto del departamento era que había vuelto a meter a toda su brigada en la academia para formarla en tácticas de asalto urbano.

—No sé si avisarán a Hadley —dijo Gandle en respuesta a Bosch—. Probablemente sí. Yo empezaré por mi capitán y él hará las llamadas que considere convenientes. Pero no es asunto tuyo, Harry. Tú haz tu trabajo y no te preocupes por Hadley. La gente de la que te has de cuidar son los federales.

—Entendido.

—Recuerda: siempre hay que preocuparse de los federales cuando empiezan a contarte justo lo que quieres oír.

Bosch asintió con la cabeza. El consejo era fiel a una tradición de desconfianza hacia el FBI largo tiempo honrada en el departamento. Y, por supuesto, era una práctica inveterada del FBI desconfiar del departamento en respuesta. Por esa razón nació la OSN.

Cuando volvió a la casa, Bosch encontró a Walling hablando por el móvil y a un hombre al que nunca había visto, de pie en la sala de estar. Era alto, de unos cuarenta y cinco años, y exudaba esa seguridad innegable propia del FBI que Bosch había visto muchas veces antes. El hombre le tendió la mano.

---

1. Algo así como el capitán Chapuzas. *(N. del T.)*

—Tú debes de ser el detective Bosch —dijo—. Jack Brenner. Soy el compañero de Rachel.

Bosch le tendió la mano. Era un detalle, pero la forma en que dijo que Rachel era su compañera le aclaró mucho a Bosch. Había algo de amo y señor en ello. Brenner le estaba diciendo que el compañero veterano estaba ahora en el caso, tanto si éste era el punto de vista de Rachel como si no.

—Bueno, ya os habéis presentado.

Bosch se volvió. Walling había colgado el teléfono.

—Lo siento —dijo—. Estaba informando al agente especial al mando. Ha decidido dedicar todo el equipo de Táctica al caso. Va a mandar a tres unidades a los hospitales para ver si Kent ha estado hoy en laboratorios de radiología.

—¿Es ahí donde guardan el material radiactivo? —preguntó Bosch.

—Sí. Kent tenía acceso a través de seguridad a casi todos los del condado. Hemos de averiguar si ha estado en alguno de ellos hoy.

41

Bosch sabía que probablemente podía estrechar la búsqueda a un solo centro médico: la clínica para mujeres Saint Agatha. Kent llevaba una tarjeta de identificación de ese hospital cuando fue asesinado. Walling y Brenner no lo sabían, pero Bosch decidió no contárselo todavía. Sentía que la investigación se le estaba escapando de las manos y quería aferrarse a lo que podría ser el único elemento de información privilegiada con el cual todavía contaba.

—¿Y el departamento? —preguntó.

—¿La policía de Los Ángeles? —dijo Brenner, saltando a la pregunta antes que Walling—. ¿Quieres saber qué pasa contigo, Bosch? ¿Es lo que estás preguntando?

—Sí, exacto. ¿Dónde estoy yo en esto?

Brenner abrió los brazos en un gesto de apertura.

—No te preocupes, estás dentro. Estás con nosotros hasta el final.

El agente federal asintió con la cabeza como si ésa fuera una promesa inquebrantable.

—Bien —dijo Bosch—. Eso es lo que quería oír.

Miró a Rachel en busca de confirmación de la promesa de su compañero. Pero ella apartó la mirada.

4

Cuando Alicia Kent salió finalmente del dormitorio principal se había cepillado el pelo y lavado la cara, pero todavía llevaba el albornoz blanco. Bosch se dio cuenta de lo atractiva que era. Bajita y morena, con un aspecto en cierto modo exótico. Supuso que adoptar el apellido de su marido había camuflado sus orígenes de algún lugar remoto. Su cabello negro, con una cualidad luminiscente, enmarcaba un rostro de tez aceitunada que era hermoso y afligido al mismo tiempo. La mujer se fijó en Brenner, quien asintió con la cabeza y se presentó a sí mismo. Alicia Kent parecía tan aturdida por lo que estaba ocurriendo que no dio muestras de reconocerlo, aunque antes sí se había acordado de Walling. Brenner la dirigió al sofá y le pidió que se sentara.

—¿Dónde está mi marido? —preguntó, esta vez con una voz que era más fuerte y más calmada que antes—. Quiero saber qué está pasando.

Rachel se sentó a su lado, preparada para consolarla si era necesario. Brenner ocupó una silla al lado de la chimenea. Bosch permaneció de pie. No le gustaba estar cómodamente sentado cuando tenía que dar esta clase de noticias.

—Señora Kent —dijo Bosch, tomando la delantera en un esfuerzo por mantener el control del caso—, soy detective de homicidios. Estoy aquí porque esta noche hemos encontrado el cadáver de un hombre que creemos que es su marido. Lamento mucho decirle esto.

La cabeza de Alicia Kent cayó hacia delante al recibir la noticia. Inmediatamente levantó las manos para cubrirse la cara. Un escalofrío le recorrió el cuerpo y se oyó un gemido de impotencia tras sus manos. Entonces rompió a llorar, y los profundos sollozos agitaron tanto sus hombros que tuvo que bajar las manos y agarrarse el albornoz para evitar que se abriera. Rachel se acercó y le puso la mano en la nuca.

Brenner se ofreció a ir a buscar un vaso de agua y ella asintió con la cabeza. Mientras Brenner estuvo ausente, Bosch estudió a la mujer, observando las lágrimas que resbalaban por sus mejillas. Llamaban trabajo sucio a decirle a alguien que su ser querido había muerto. Lo había hecho centenares de veces, pero era algo que nunca se hacía bien y a lo que uno nunca se acostumbraba. También se lo habían hecho a él. Cuando su propia madre fue asesinada hacía más de cuarenta años, un policía le dio la noticia cuando acababa de salir de la piscina del orfanato. Su reacción fue volver a tirarse al agua y tratar de no volver a salir a flote.

Brenner le entregó el vaso y la nueva viuda se bebió la mitad del agua de golpe. Antes de que nadie pudiera plantear una pregunta llamaron a la puerta y Bosch acudió a abrir. Dejó pasar a dos auxiliares médicos que llevaban grandes cajas de material y se apartó mientras ellos se acercaban para hacer un reconocimiento físico de la mujer. Hizo una seña a Walling y Brenner para ir a la cocina y poder hablar en susurros. Se dio cuenta de que deberían haberlo comentado antes.

—Bueno, ¿cómo queréis manejarlo? —preguntó Bosch.

Brenner extendió las manos como si estuviera abierto a propuestas.

—Yo diría que mantengas la voz cantante —dijo el agente—. Intervendremos cuando haga falta. Si no te gusta, podría...

—No, está bien. Yo me encargaré.

Miró a Walling, esperando una objeción; sin embargo, a ella

le pareció bien. Bosch se volvió para salir de la cocina, pero Brenner lo detuvo.

—Bosch, quiero ser franco contigo —dijo.

Bosch se volvió.

—¿Y eso qué significa?

—Significa que he estado indagando. Se cuenta que...

—¿Qué quiere decir que has estado indagando? ¿Has hecho preguntas sobre mí?

—He de saber con quién trabajamos. Lo único que sabía de ti antes de esto era lo de Echo Park. Quería...

—Si tienes preguntas, puedes hacérmelas a mí.

Brenner levantó las manos con las palmas hacia fuera. Al parecer era su gesto característico.

—Perfecto —dijo.

Bosch salió de la cocina y se quedó en la sala de estar, esperando a que los médicos terminaran con Alicia Kent. Se fijó en que uno de los hombres le estaba poniendo algún tipo de crema en las marcas de las rozaduras de muñecas y tobillos. El otro estaba tomándole la presión. Le habían aplicado vendajes en el cuello y en una muñeca, aparentemente cubriendo heridas que Bosch no había advertido antes.

Su teléfono vibró y volvió a la cocina para responder la llamada. Se fijó en que Walling y Brenner no estaban; presumiblemente se habían ido a alguna otra parte de la casa. Bosch se puso ansioso, porque no sabía qué estaban buscando.

La llamada era de su compañero. Ferras finalmente había llegado a la escena del crimen.

—¿El cadáver sigue ahí? —preguntó Bosch.

—No, el forense acaba de marcharse —dijo Ferras—. Creo que el resto también están terminando.

Bosch lo puso al día respecto al rumbo que parecía estar tomando el caso, refiriéndose a la implicación federal y los materiales potencialmente peligrosos a los que tenía acceso Stanley Kent. A continuación, le instruyó para que empezara a buscar

45

en las casas vecinas testigos que pudieran haber visto u oído algo relacionado con el asesinato de Kent. Sabía que era una posibilidad remota, porque nadie había llamado al 911, el número de emergencias, después de los disparos.

—¿Quieres que lo haga ahora, Harry? Es de noche y la gente está durmiendo...

—Sí, Ignacio, has de hacerlo ahora.

A Bosch no le preocupaba despertar a la gente, aunque muy posiblemente el generador que daba potencia a los focos de la escena del crimen ya habría despertado a los vecinos de todos modos. Era preciso peinar el barrio, y siempre era mejor encontrar testigos antes que después.

Cuando Bosch salió de la cocina, el personal médico ya había recogido sus cosas. Se estaban yendo. Le dijeron que Alicia Kent estaba físicamente bien y que únicamente presentaba heridas menores y abrasiones en la piel. También dijeron que le habían dado una píldora para ayudarla a calmarse y un tubo de crema para que continuara aplicándosela sobre las rozaduras en muñecas y tobillos.

Rachel volvía a estar sentada en el sofá al lado de Alicia Kent, y Brenner había vuelto a ocupar su lugar junto a la chimenea.

Bosch se sentó en la silla situada justo enfrente de Alicia Kent, al otro lado de la mesita de café.

—Señora Kent —empezó—, lamentamos mucho su desgracia y el trauma por el que ha de estar pasando, pero es muy urgente que avancemos con rapidez en la investigación. En un mundo perfecto esperaríamos hasta que estuviera preparada para hablar con nosotros, pero éste no es un mundo perfecto y ahora usted lo sabe mejor que nadie. Hemos de hacerle preguntas sobre lo que ha ocurrido aquí esta noche.

La mujer cruzó los brazos sobre el pecho y asintió con la cabeza para manifestar que lo entendía.

—Entonces empecemos —dijo Bosch—. ¿Puede decirnos qué ha ocurrido?

—Dos hombres —respondió entre lágrimas—. No los vi. Me refiero a sus caras, no vi sus caras. Llamaron a la puerta y fui a abrir. No había nadie, pero cuando empecé a cerrar se me echaron encima. Llevaban pasamontañas y capuchas, algo así como una sudadera con capucha. Entraron por la fuerza. Llevaban un cuchillo y uno de ellos me agarró y me puso el cuchillo en la garganta. Me dijo que me cortaría el cuello si no hacía exactamente lo que él me ordenaba.

Se tocó ligeramente el vendaje del cuello.

—¿Recuerda qué hora era? —preguntó Bosch.

—Eran casi las seis —dijo Alicia Kent—. Hacía un rato que estaba oscuro y ya iba a empezar a cenar. Stanley llega a casa a las siete casi todas las noches, a no ser que esté trabajando en el condado sur o en el desierto.

Recordar los hábitos de su marido provocó una nueva afluencia de lágrimas que se notó también en la voz. Bosch trató de mantenerla concentrada en el caso, pasando a la siguiente pregunta. Pensó que ya había detectado un enlentecimiento en su forma de hablar. La pastilla que le habían dado estaba haciendo efecto.

—¿Qué hicieron los hombres, señora Kent? —preguntó.

—Me agarraron y me llevaron al dormitorio. Me hicieron sentar en la cama y me ordenaron que me quitara la ropa. Luego ellos… Uno de ellos empezó a hacerme preguntas. Estaba asustada. Supongo que me puse histérica y él me abofeteó y me gritó. Me dijo que me calmara y que respondiera a sus preguntas.

—¿Qué le preguntó?

—No puedo recordarlo todo. Estaba muy asustada.

—Inténtelo, señora Kent. Es importante. Nos ayudará a encontrar a los asesinos de su marido.

—Me preguntó si tenía una pistola y me preguntó dónde…

—Espere un momento, señora Kent —la interrumpió Bosch—. Vamos paso a paso. Le preguntó si tenía una pistola. ¿Qué le contestó?

47

—Estaba muy asustada. Le dije que sí, que teníamos una pistola. Él me preguntó dónde estaba y yo le dije que en el cajón de la mesilla del lado de mi marido. Era la pistola que adquirimos después de que usted nos advirtiera de los peligros a los que se enfrentaba Stan en su trabajo.

Alicia Kent dijo esta última parte mirando directamente a Walling.

—¿No tenía miedo de que la mataran con ella? —preguntó Bosch—. ¿Por qué les dijo dónde estaba la pistola?

Alicia Kent se miró las manos.

—Yo estaba allí sentada… desnuda. Ya estaba segura de que iban a violarme y matarme. Supongo que pensé que ya no importaba.

Bosch asintió como si comprendiera.

—¿Qué más le preguntaron, señora Kent?

—Querían saber dónde estaban las llaves del coche. Se lo dije. Les dije todo lo que querían saber.

—¿Estaban hablando de su coche?

—Sí, de mi coche, en el garaje. Guardo las llaves en la encimera de la cocina.

—He mirado en el garaje. Está vacío.

—Oí la puerta del garaje después de que se fuesen. Deben de haberse llevado el coche.

Brenner se levantó de repente.

—Hemos de comunicar esto —interrumpió—. ¿Puede decirnos el modelo del coche y el número de matrícula?

—Es un Chrysler 300. No me sé la matrícula. Puedo buscarla en los papeles del seguro.

Brenner levantó las manos para impedir que se levantara.

—No es necesario. Ya la conseguiré. Voy a informar ahora mismo. —Fue a la cocina para hacer la llamada sin interrumpir el interrogatorio.

Bosch continuó.

—¿Qué más le preguntaron, señora Kent?

—Querían nuestra cámara, la cámara que funciona con el ordenador de mi marido. Les dije que Stanley tenía una cámara y que creía que estaba en su escritorio. Cada vez que respondía una pregunta, un hombre (el que preguntaba) le traducía al otro en algún idioma; éste salió de la habitación. Supongo que fue a buscar la cámara.

Walling se levantó y se dirigió hacia el pasillo que conducía a los dormitorios.

—Rachel, no toques nada —dijo Bosch—. Hay un equipo de escena del crimen en camino.

Walling hizo un gesto con la mano al tiempo que desaparecía por el pasillo. Brenner volvió a entrar en la sala e hizo una señal a Bosch.

—BC emitida —dijo.

Alicia Kent preguntó que era eso de BC.

—Significa «busca y captura» —explicó Bosch—. Estarán buscando su coche. ¿Qué ocurrió a continuación con los dos hombres, señora Kent?

La mujer lloró más al responder.

—Me… Me ataron de esa manera espantosa y me amordazaron con una de las corbatas de mi marido. Luego, después de que volviese con la cámara, el otro me sacó una foto así.

Bosch reparó en la expresión de ardiente humillación en el rostro de la mujer.

—¿Hizo una fotografía?

—Sí, eso es todo. Los dos salieron de la habitación. El que hablaba inglés se agachó y susurró que mi marido vendría a rescatarme. Luego se fue.

Hubo un prolongado silencio hasta que Bosch continuó.

—Cuando salieron de la habitación, se fueron de la casa inmediatamente —preguntó.

La mujer negó con la cabeza.

—Los oí hablando un rato, luego oí la puerta del garaje, que retumba en la casa como un terremoto. La noté dos veces, al

49

abrirse y al cerrarse. Después de eso, pensé que se habían marchado.

Brenner interrumpió otra vez el interrogatorio.

—Cuando estaba en la cocina me ha parecido oírle decir que uno de los hombres traducía al otro. ¿Sabe en qué idioma estaban hablando?

—No estoy segura. El que hablaba inglés tenía acento, pero no sé de dónde era. Tal vez de Oriente Próximo. Creo que cuando hablaban entre ellos era en árabe o algo así. Era extraño, muy gutural, pero no conozco los diferentes idiomas.

Brenner asintió como si su respuesta estuviera confirmando alguna cosa.

—¿Recuerda alguna cosa más sobre lo que los hombres podrían haberle preguntado o dicho en inglés? —preguntó Bosch.

—No, nada más.

—Ha dicho que llevaban pasamontañas. ¿Qué clase de pasamontañas?

Pensó un momento antes de responder.

—Como los que llevan los atracadores en las películas o la gente que va a esquiar.

—Un pasamontañas de esquí.

Ella asintió.

—Sí, exactamente.

—Vale, ¿eran de los que tienen un agujero para los dos ojos o había un agujero para cada ojo?

—Uno para cada ojo, creo. Sí, dos agujeros.

—¿Había una abertura en la boca?

—Eh… sí. Recuerdo que miré la boca del hombre cuando hablaban en otro idioma. Estaba tratando de entenderle.

—Eso está bien, señora Kent. Está siendo muy útil. ¿Qué es lo que no le he preguntado?

—No entiendo.

—¿Qué detalle recuerda que yo no le haya preguntado?

Alicia Kent pensó un momento y luego negó con la cabeza.

—No lo sé. Creo que le he dicho todo lo que consigo recordar.

Bosch no estaba convencido. Empezó a repasar la historia con ella otra vez, abordando la misma información desde ángulos nuevos. Era una técnica de interrogatorio clásica para obtener más detalles y no le falló. El elemento de información nueva más interesante que emergió en el segundo relato fue que el hombre que hablaba inglés también le había preguntado cuál era la contraseña de su cuenta de correo de Internet.

—¿Por qué querría eso? —preguntó Bosch.

—No lo sé —dijo Alicia Kent—. No se lo pregunté. Sólo le dije lo que quería.

Cerca del final del segundo relato de su terrible experiencia llegó el equipo forense y Bosch decidió hacer una pausa en el interrogatorio. Mientras Alicia Kent seguía en el sofá, él condujo al equipo de técnicos hasta el dormitorio principal para que pudieran empezar desde allí. Se quedó en un rincón de la habitación y llamó a su compañero. Ferras le informó de que todavía no había encontrado a nadie que hubiera visto u oído nada en el mirador. Bosch le dijo que cuando quisiera tomarse un descanso podía comprobar la licencia de armas de Stanley Kent. Necesitaban conocer la marca de la pistola y el modelo, pues parecía probable que su propia pistola fuera el arma con la cual le habían asesinado.

Al cerrar el teléfono, Walling lo llamó desde el despacho que había en la vivienda. Harry la encontró a ella y a Brenner de pie detrás del escritorio y mirando una pantalla de ordenador.

—Mira esto —dijo Walling.

—Te he dicho que no deberías tocar nada todavía.

—Ya no disponemos del lujo del tiempo —dijo Brenner—. Mira esto.

Bosch rodeó el escritorio para mirar en el ordenador.

—Su cuenta de correo estaba abierta —dijo Walling—. He ido a sus mensajes enviados. Y éste se envió a la dirección de correo de su marido a las seis y veintiuno de ayer tarde.

51

Walling hizo clic en un botón y abrió el mensaje de correo que se había enviado desde la cuenta de correo de Alicia Kent a la de su marido. El asunto era:

EMERGENCIA EN CASA: ¡LEE INMEDIATAMENTE!

Incrustado en el cuerpo del mensaje había una fotografía de Alicia Kent desnuda, atada y amordazada en la cama. El impacto de la foto sería obvio para cualquiera, no sólo para un marido.

Debajo de la fotografía había un mensaje:

Tenemos a su esposa. Consiga para nosotros todas las fuentes de cesio que tenga disponibles. Llévelas en contenedor seguro al mirador de Mulholland cerca de su casa a las ocho en punto. Estaríamos vigilando. Si lo dice a alguien o hace una llamada, lo sabríamos. La consecuencia es que su mujer será violada, torturada y dejada en más piezas de las que se pueden contar. Use todas las precauciones al manejar las fuentes. No llega tarde o la mataremos.

Bosch leyó el mensaje dos veces y creyó que sentía el mismo terror que debía haber sentido Stanley Kent.

—Usa mal los verbos, creo que lo ha escrito un extranjero —comento Walling.

Bosch lo vio y supo que ella tenía razón.

—Enviaron el mensaje desde aquí mismo —dijo Brenner—. El marido debió de recibirlo en la oficina o en su PDA, ¿tiene un PDA?

Bosch no era un experto en esas cosas. Vaciló.

—Un asistente personal digital —le aclaró Walling—, como un PalmPilot o un teléfono con todos los chirimbolos.

Bosch asintió con la cabeza.

—Creo que sí —dijo—. Se ha recuperado un móvil Black-Berry. Parece que tiene un miniteclado.

—Eso es —dijo Brenner—. O sea que, estuviera donde estuviese, recibió el mensaje y probablemente también pudo ver la foto.

Los tres permanecieron en silencio al asimilar el impacto del mensaje de correo. Finalmente, Bosch habló, sintiéndose culpable por haberse guardado información antes.

—Acabo de recordar algo: la víctima llevaba una tarjeta de identificación. De St. Aggy's en el valle de San Fernando.

Brenner registró la información y sus ojos adoptaron una expresión de dureza.

—¿Acabas de recordar una información clave como ésta? —preguntó enfadado.

—Sí, por…

—Ahora no importa —intervino Walling—. St. Aggy's es una clínica oncológica para mujeres. El cesio se usa casi exclusivamente en el tratamiento del cáncer de cuello uterino.

Bosch asintió.

—Entonces será mejor que nos pongamos en marcha.

53

5

La clínica para mujeres Saint Agatha estaba en Sylmar, en el norte del valle de San Fernando. Como era noche cerrada circulaban rápido por la autovía 170. Bosch iba al volante de su Mustang, con un ojo en la aguja de la gasolina; sabía que iba a tener que llenar el depósito antes de volver a la ciudad. Iba con Brenner en el coche. Se había decidido —Brenner lo había hecho— que Walling se quedara con Alicia Kent para continuar interrogándola y calmándola. Walling no parecía contenta con su cometido, pero Brenner, haciendo valer su veteranía en la pareja, no dio chance para el debate.

Brenner pasó el trayecto haciendo y recibiendo una serie de llamadas al móvil con sus superiores y compañeros agentes. Por lo que pudo oír de la conversación, a Bosch le quedó claro que la gran maquinaria federal estaba preparándose para la batalla. Había sonado una alarma mayor. El mensaje de correo enviado a Stanley Kent ponía las cosas más claras y lo que antes constituía una curiosidad federal se había convertido en algo absolutamente excepcional.

Brenner colgó finalmente el teléfono y se lo guardó en el bolsillo de la chaqueta. Se rebulló ligeramente en su asiento y miró a Bosch.

—Tengo un EAR de camino a St. Aggy's —dijo—. Entrarán en la cámara de materiales peligrosos para comprobarlo.

—¿Un EAR?

—Equipo de Ataque Radiológico.

—¿Tiempo de llegada?

—No he preguntado, pero puede que lleguen antes que nosotros. Tienen un helicóptero.

Bosch estaba impresionado. Significaba que en algún lugar existía un equipo de respuesta rápida de guardia en plena noche. Pensó en que él había estado despierto y esperando la llamada esa noche. Los miembros del EAR debían de esperar una llamada que confiaban que no se produjera. Recordó que había oído que la brigada propia del Departamento de Policía de Los Ángeles, la OSN, se estaba entrenando en tácticas de asalto urbano. Se preguntó si el capitán Badly también tenía un EAR.

—Van a emplearse a fondo —dijo Brenner—. El Departamento de Seguridad Nacional supervisa desde Washington. Esta mañana a las nueve habrá reuniones en ambas costas para poner a todos manos a la obra.

—¿Quiénes son «todos»?

—Hay un protocolo. Participará Seguridad Nacional, la JTTF, todo el mundo. La sopa de letras completa: NRC, DOE, RAP... quién sabe, antes de que contengamos esto incluso podríamos tener a la FEMA montando una tienda. Va a ser un pandemonio federal.

Bosch no conocía el significado de todas las siglas, pero todas se pronunciaban igual: federales.

—¿Quién dirigirá el cotarro?

Brenner miró a Bosch.

—Todos y nadie. Como he dicho, será un pandemonio. Si abrimos esa cámara de seguridad en St. Aggy y el cesio ha desaparecido, entonces nuestra mejor opción de seguirle el rastro y recuperarlo será hacerlo antes de que se arme la gorda a las nueve y estemos teledirigidos desde Washington.

Bosch asintió con la cabeza. Pensó que quizás había juzgado mal a Brenner. El agente parecía deseoso de hacer su trabajo sin revolcarse en el fango burocrático.

—¿Y cuál va a ser el estatus del departamento en la investigación?

—Ya te lo he dicho, el departamento participa. Nada cambia en eso; te quedas, Harry. Apuesto a que ya se están tendiendo puentes entre nuestra gente y la tuya. Sé que la policía de Los Ángeles tiene su propia Oficina de Seguridad Nacional y estoy seguro de que los llamarán. Obviamente, vamos a necesitar todos los palos de la baraja en esto.

Bosch lo miró. Brenner parecía serio.

—¿Has trabajado antes con la OSN? —preguntó Bosch.

—En alguna ocasión. Compartimos algunos archivos de inteligencia.

Bosch asintió, pero le daba la impresión de que, o bien Brenner estaba actuando de manera falsa, o era completamente ingenuo respecto a la brecha entre locales y federales. Aun así, se fijó en que lo había llamado por su nombre y se preguntó si ése era uno de los puentes que se estaban tendiendo.

—Has dicho que me has investigado. ¿Con quién has hablado?

—Harry, estamos trabajando bien, no hay por qué tensar las cosas. Si he cometido un error, te pido disculpas.

—Bien. ¿Con quién has hablado?

—Mira, lo único que voy a decirte es que le pregunté a la agente Walling quién iba a ser el contacto del departamento y ella me dio tu nombre. Hice unas pocas llamadas mientras conducía. Me dijeron que eres un detective muy capaz, que estuviste más de treinta años de servicio, que te retiraste hace unos años pero que no te gustó demasiado y volviste para trabajar en Casos Abiertos. Las cosas se torcieron en Echo Park, un problemilla al que arrastraste a la agente Walling. Estuviste unos meses apartado del trabajo mientras todo se solucionaba, y ahora has vuelto y te han asignado a Homicidios Especiales.

—¿Qué más?

—Harry...

—¿Qué más?

—Vale. Corre la voz de que eres un tipo con el que es difícil tratar, especialmente cuando se trata de trabajar con el gobierno federal. Pero he de decir que hasta ahora no he percibido nada de eso.

Bosch supuso que la mayor parte de esta información procedía de Rachel; recordó haberla visto al teléfono y decir que hablaba con su compañero. Estaba disgustado porque ella hubiera dicho tales cosas de él, y sabía que Brenner probablemente se estaba callando la mayor parte. Lo cierto era que había tenido tantos encontronazos con los federales —desde mucho antes de conocer a Rachel Walling— que probablemente tenían una carpeta sobre él tan gruesa como el expediente de un caso de homicidios.

Al cabo de aproximadamente un minuto de silencio, Bosch decidió cambiar de rumbo y habló de nuevo.

—Háblame del cesio —dijo.

—¿Qué te contó la agente Walling?

—No mucho.

—Es un producto derivado de la fusión del uranio y el plutonio. El material que se dispersó en el aire cuando el accidente de Chernobil era cesio. Viene en polvo o en forma de metal gris plateado. Cuando llevaron a cabo pruebas nucleares en el Pacífico Sur…

—No me refería a la ciencia. Eso me da igual. Explícame con qué estamos tratando aquí.

Brenner pensó un momento.

—Vale —dijo—. El material del que estamos hablando viene en piezas del tamaño de una goma de las que van con el lápiz, que van metidas en unos tubos herméticos de acero inoxidable del tamaño de una bala del calibre cuarenta y cinco. Cuando se usa en el tratamiento del cáncer se coloca durante un tiempo calculado en el útero de la mujer para irradiar la zona a tratar; se supone que es muy eficaz en pequeñas dosis. Es responsabilidad de tipos como Stanley Kent hacer los cálculos físicos y determinar cuánto tiempo ha de durar una sesión; luego, debe sacar el cesio de la cámara de radiología del hospital y entregarlo en persona en la sala de operaciones oncológica. El sistema está preparado para que el doctor que administra el tratamiento maneje el material el menor tiempo posible, porque como el cirujano no puede llevar ninguna protección mientras realiza el procedimiento ha de limitar su exposición, ¿me explico?

Bosch asintió con la cabeza.

—Esos tubos, o cartuchos, ¿protegen al que los lleva?

—No, la única cosa que bloquea los rayos gamma del cesio es el plomo. La caja en la que los guardan está recubierta de plomo, como el dispositivo que los transporta.

—Vale. ¿Qué daño puede causar este material si lo sueltan?

Brenner lo pensó antes de responder.

—Se trata de cantidad, dispersión y localización: ésas son las variables. El cesio tiene un período de semidesintegración de treinta años. Generalmente se considera que el margen de seguridad es de diez períodos de semidesintegración.

—Me estoy perdiendo. ¿Cómo se resume todo eso?

—El resumen es que el peligro de radiación disminuye a la mitad cada treinta años. Si soltases una buena cantidad de este material en un entorno cerrado (como por ejemplo una estación de metro o un edificio de oficinas), ese lugar debería cerrarse durante trescientos años.

Bosch se quedó aturdido al asimilarlo.

—¿Y la gente? —preguntó.

—También depende de la dispersión y la contención. Una alta intensidad de exposición podría matar en unas horas, pero si se dispersase una bomba de cesio en una estación de metro supongo que las bajas inmediatas serían muy pocas. De todos modos, no se trata de un recuento de víctimas: el miedo es el factor importante para los terroristas. Si sueltan algo como esto, lo importante es la oleada de miedo que se propaga a través del país. Los Ángeles no volvería a ser el mismo.

Bosch se limitó a asentir. No había nada más que decir.

6

*E*ntraron en St. Aggy's por el vestíbulo principal y preguntaron a una recepcionista por el jefe de seguridad. Ésta les explicó que el jefe de seguridad trabajaba en el turno de día, pero que localizaría al supervisor del turno de noche. Mientras esperaban, oyeron aterrizar al helicóptero en el gran jardín delantero del centro médico y enseguida entraron los cuatro componentes del equipo radiológico, todos ellos con un traje antirradiación y máscara protectora. El líder del grupo —Ryan, según la placa de identificación— llevaba un monitor de radiación de mano.

Finalmente, después de insistirle dos veces a la mujer del mostrador, un hombre con aspecto de acabarse de levantar de la cama de una habitación libre del hospital los saludó en el vestíbulo. Dijo que se llamaba Ed Romo y se mostró incapaz de apartar la mirada de los trajes de protección contra materiales peligrosos que llevaban los miembros del EAR. Brenner le mostró la placa a Romo y se hizo cargo de la situación. Bosch no protestó; sabía que ahora pisaban un terreno donde el agente federal estaría mejor preparado para llevar la iniciativa y mantener la velocidad de la investigación.

—Hemos de ir al laboratorio y comprobar el inventario de materiales peligrosos —dijo Brenner—. También necesitamos ver cualquier registro de datos de llaves magnéticas que muestre quién ha entrado y salido en las últimas veinticuatro horas.

Romo no se movió. Hizo una pausa como para tratar de comprender la escena que se desarrollaba ante sus ojos.

—¿De qué va todo esto? —preguntó finalmente.

Brenner dio un paso más hacia él, invadiendo su espacio personal.

—Acabo de decírselo —respondió—. Hemos de acceder al laboratorio de oncología. Si no puede llevarnos allí, encontraremos a alguien que lo haga. Ahora.

—Antes he de hacer una llamada —dijo Romo.

—Bien. Hágala. Le daré dos minutos y después lo haremos con o sin su consentimiento.

Brenner no dejó de sonreír y asentir con la cabeza mientras formulaba la amenaza.

Romo sacó un teléfono móvil y se apartó del grupo para realizar la llamada. Brenner le dio espacio. Miró a Bosch con una sonrisa sardónica.

60

—El año pasado hice una revisión de seguridad aquí. Tenían una cerradura en el laboratorio y la caja fuerte, nada más. Lo actualizaron después de eso, pero ya se sabe que si construyes una ratonera mejor, el ratón se hace más listo.

Bosch asintió.

Al cabo de diez minutos, Brenner, Romo y el equipo de radiación salieron del ascensor en el sótano de la clínica. El jefe de Romo estaba en camino, pero Brenner no tenía intención de esperarlo. Romo usó una llave magnética para acceder al laboratorio de oncología.

La estancia estaba desierta. Brenner encontró una hoja de inventario y un diario de laboratorio en el escritorio de entrada y empezó a leer. Bosch reparó en un pequeño monitor de vídeo en la mesa que mostraba una imagen de una cámara de seguridad.

—Estuvo aquí —dijo Brenner.

—¿Cuándo? —preguntó Bosch.

—A las siete en punto, según esto.

Bosch señaló el monitor.

—¿Eso graba? —preguntó a Romo—. ¿Podemos ver lo que hizo Kent cuando estuvo dentro?

Romo miró el monitor como si fuera la primera vez que lo veía.

—Um, no, es sólo un monitor —dijo finalmente—. Se supone que quien está en el escritorio vigila lo que se llevan de la cámara.

Romo señaló el extremo más alejado del laboratorio, donde había una puerta de acero grande. El trébol, símbolo de advertencia de materiales radiactivos, estaba colocado a la altura de los ojos, junto con un cartel que decía:

¡ALERTA!
PELIGRO DE RADIACIÓN
ES OBLIGATORIO USAR EQUIPO DE PROTECCIÓN

Bosch se fijó en que la puerta tenía una combinación y una llave de banda magnética.

—Dice que se llevó una fuente de cesio —explicó Brenner, que continuaba examinando el diario—. Un tubo. Era una transferencia: estaba llevando la fuente al Centro Médico de Burbank para hacer un tratamiento allí. Habla del caso; una paciente llamada Hannover. Dice que quedan treinta y un tubos de cesio en el inventario.

—Entonces ¿es lo único que necesitan? —preguntó Romo.

—No —dijo Brenner—. Tenemos que inspeccionar físicamente el inventario. Hemos de entrar en la cámara de seguridad y abrir la caja. ¿Cuál es la combinación?

—No la tengo —dijo Romo.

—¿Quién la tiene?

—Los médicos, el jefe del laboratorio y el jefe de seguridad.

—¿Y dónde está el jefe de seguridad?

—Se lo he dicho, está en camino.

—Póngalo en el altavoz.

Brenner señaló el teléfono del escritorio. Romo se sentó. Conectó la llamada al altavoz y marcó un número de memoria. Contestaron de inmediato.

—Soy Richard Romo.

Ed Romo se inclinó hacia el teléfono y pareció avergonzado por la revelación del obvio nepotismo.

—Ah, sí, papá, soy Ed. El hombre del FBI...

—¿Señor Romo? —le cortó Brenner—. Soy el agente especial John Brenner, del FBI. Creo que nos conocimos y hablamos de cuestiones de seguridad el año pasado. ¿Cuánto tardará?

—Veinte o veinticinco minutos. Recuerdo...

—Es demasiado tiempo, señor. Hemos de abrir la caja de seguridad del laboratorio ahora para determinar su contenido.

—No puede abrirlo sin la aprobación del hospital. No me importa quién...

—Señor Romo, tenemos motivos para creer que el contenido de esa caja se entregó a personas que no tienen en mente los intereses o la seguridad del pueblo americano. Hemos de abrir la caja para saber exactamente qué hay aquí y qué falta, y no podemos esperar veinte o veinticinco minutos. Me he identificado adecuadamente a su hijo y tengo un equipo de radiación en el laboratorio ahora mismo. Hemos de actuar, señor. Díganos, ¿cómo se abre la caja?

Se produjo un silencio en el altavoz del teléfono durante unos momentos. Entonces Richard Romo transigió.

—Ed, ¿hablas desde el escritorio del laboratorio?

—Sí.

—Vale, abre el cajón de debajo de la izquierda.

Ed Romo arrastró la silla hacia atrás y examinó el escritorio. Había una cerradura en el cajón superior izquierdo que aparentemente abría los tres cajones.

—¿Qué llave? —preguntó.

—Espera.

En el altavoz se produjo un sonido de un llavero al moverse.

—Prueba la 1414.

Ed Romo sacó un llavero del cinturón y fue pasando llaves hasta que encontró la que tenía grabado el número 1414. La insertó en la cerradura del cajón del escritorio y la giró. Abrió el cajón inferior.

—Ya está.

—Vale, hay una carpeta en el cajón. Ábrela y busca la página con las listas de combinaciones para la cámara de seguridad. Se cambia semana a semana.

Romo sacó la carpeta y empezó a abrirla de manera que sólo él pudiera ver el contenido. Brenner estiró el brazo por encima de la mesa y le arrebató la carpeta sin contemplaciones. La abrió en el escritorio y empezó a pasar las páginas de protocolos de seguridad.

—¿Dónde está? —dijo con impaciencia al micrófono.

—Debería estar en la sección final, claramente titulada «combinaciones del laboratorio». Pero hay una trampa: usamos la de la semana anterior. La de ésta no funciona; use la combinación de la semana pasada.

Brenner encontró la página y bajó el dedo por la lista hasta que encontró la combinación de la semana anterior.

—Vale, entendido. ¿Y la caja interior?

Richard Romo respondió desde su coche.

—Use la llave otra vez y otra combinación. Ésta la sé, no cambia. Es 666.

—Original.

Brenner tendió la mano a Ed Romo.

—Deme su llave magnética.

Romo obedeció y Brenner se la pasó a Ryan, el jefe del equipo del laboratorio.

—Vale, vamos —ordenó Brenner—. La combinación de la puerta es 5, 6, 1, 8, 4, y el resto ya lo habéis oído.

Ryan se volvió y señaló a otro de los hombres con traje de seguridad.

—No habrá mucho espacio ahí dentro. Entraremos sólo Miller y yo.

El jefe y su segundo elegido se colocaron la máscara de seguridad y usaron la llave magnética y la combinación para abrir la puerta de la cámara. Miller cogió el monitor de radiación y entraron, cerrando la puerta tras de sí.

—¿Saben?, la gente entra ahí todo el tiempo y no llevan trajes espaciales —dijo Romo.

—Me alegro por ellos —repuso Brenner—. Esta situación es un poco diferente, ¿no cree? No sabemos lo que podrían haber soltado en ese entorno.

—Sólo era un comentario —dijo Romo, a la defensiva.

—Entonces hágame un favor y no diga nada, joven. Déjenos hacer nuestro trabajo.

Bosch observó el monitor y enseguida detectó un problema técnico en el sistema de seguridad. La cámara estaba montada cenitalmente, pero en cuanto el jefe del equipo del FBI se inclinó para marcar la combinación en la caja de materiales peligrosos, bloqueó la imagen de lo que estaba haciendo. Bosch comprendió que Kent podría haber ocultado fácilmente lo que se estaba llevando, aun en el caso de que alguien lo hubiera observado cuando entró en la cámara a las siete de la tarde del día anterior.

Menos de un minuto después de acceder a la cámara de seguridad salieron los dos hombres. Brenner se levantó. Los hombres se abrieron las máscaras y Ryan miró a Brenner. Negó con la cabeza.

—La cámara está vacía —dijo.

Brenner sacó el teléfono del bolsillo, pero antes de marcar el número, Ryan dio un paso adelante y le mostró un trozo de papel arrancado de una libreta de espiral.

—Es lo único que había —dijo.

Bosch miró la nota por encima del hombro de Brenner. Estaba garabateada en tinta y era difícil de descifrar. Brenner la leyó en voz alta:

—Me están vigilando. Si no hago esto, matarán a mi esposa… treinta y dos fuentes, cesio… Que Dios me perdone. No tengo elección.

7

*B*osch y los agentes federales se quedaron en silencio. Se percibía una sensación de miedo casi palpable flotando en el laboratorio de oncología. Acababan de confirmar que Stanley Kent se había llevado treinta y dos cápsulas de cesio de la cámara de seguridad de Saint Agatha's y muy probablemente las había entregado a personas desconocidas. Éstas lo habían ejecutado seguidamente en el mirador de Mulholland.

—Treinta y dos cápsulas de cesio —dijo Bosch—. ¿Cuánto daño pueden hacer?

Brenner lo miró con gravedad.

—Tendremos que preguntárselo a los científicos, pero mi apuesta es que podría hacer daño —dijo—. Si alguien quiere enviar un mensaje, se oirá alto y claro.

Bosch de repente pensó en algo que no encajaba con los hechos conocidos.

—Espera un momento —dijo—. Los anillos de radiación de Stanley Kent no mostraban exposición. ¿Cómo pudo haberse llevado todo el cesio de ahí y no encender esos dispositivos de aviso como un árbol de Navidad?

Brenner negó desdeñosamente con la cabeza.

—Obviamente usó un cerdo.

—¿Qué?

—Es como llaman al artefacto de traslado. Básicamente parece un cubo de acero con ruedas y una tapa de seguridad, por supuesto. Es pesado y de patas cortas, como un cerdo, por eso lo llaman así.

—¿Y entró y salió de aquí tan campante con algo así?

Brenner señaló la tablilla con sujetapapeles que había en el escritorio.

—Las transferencias entre hospitales de fuentes radiactivas para el tratamiento contra el cáncer no son nada inusual —dijo—. Firmó una fuente, pero se las llevó todas; eso es lo inusual. Pero ¿quién iba a abrir el cerdo y mirar?

Bosch pensó en las muescas que vio en el suelo del maletero del Porsche: habían cargado algo pesado en el coche. Ahora Bosch sabía de qué se trataba y era una confirmación del peor escenario.

Bosch negó con la cabeza y Brenner pensó que era porque estaba juzgando la seguridad en el laboratorio.

—Déjame que te cuente una cosa —dijo el agente federal—. Antes de que viniéramos el año pasado y modernizáramos su seguridad, cualquiera que llevara una bata blanca de médico podía entrar aquí y llevarse lo que quisiera de la cámara. La seguridad no existía.

—No estaba haciendo un comentario sobre la seguridad. Estaba…

—Tengo que hacer una llamada —dijo Brenner.

Se alejó de los demás y sacó su teléfono móvil. Bosch decidió llamar él también. Sacó el teléfono, encontró un rincón de intimidad y telefoneó a su compañero.

—Ignacio, soy yo.

—Llámame Iggy, Harry. ¿Qué hay por ahí?

—Nada bueno. Kent vació la cámara. Todo el cesio ha desaparecido.

—¿Estás de broma? ¿Ése es el material que dijiste que podía convertirse en una bomba sucia?

—Ése es el material y parece que se llevó suficiente para armarla. ¿Todavía estás en la escena del crimen?

67

—Sí, y escucha, tengo a un chico aquí que podría ser un testigo.

—¿Qué quieres decir con que podría ser un testigo? ¿Quién es, un vecino?

—No, es una historia un poco descabellada. ¿Sabes esa casa que dijiste que era de Madonna?

—Sí.

—Bueno, pues resulta que era suya pero ya no lo es. Subí a llamar a la puerta y el tipo que vive allí dijo que no vio ni oyó nada; la misma respuesta que me estoy encontrando en todas las casas. En fin, da igual, estaba yéndome cuando vi a un chico escondiéndose detrás de unos árboles que tienen en el jardín. Le apunté con la pistola y pedí refuerzos, pensando que quizás era el asesino del mirador. Pero no era eso. Resulta que es un chico de veinte años que acaba de llegar de Canadá y cree que Madonna aún vive en la casa. En el mapa de las casas de las estrellas de Hollywood que llevaba todavía dice que Madonna vive aquí y él trataba de verla o algo, como un acechador. Escaló un muro para meterse en el jardín.

—¿Vio el crimen?

—Dice que no vio ni oyó nada, pero no lo sé, Harry. Creo que podría haber estado vigilando la casa de Madonna cuando ocurrió lo del mirador. Luego se escondió y esperó para irse. Lo que pasa es que yo lo encontré antes.

Bosch se estaba perdiendo algo en la historia.

—¿Por qué iba a esconderse? ¿Por qué no salió corriendo? No encontramos el cadáver hasta tres horas después de la ejecución.

—Sí, lo sé. Esa parte no tiene sentido. Tal vez estaba asustado o pensó que si lo veían cerca del cadáver podían considerarlo sospechoso, no tengo ni idea.

Bosch asintió con la cabeza. Tenía cierto sentido.

—¿Vas a retenerle por allanar una propiedad privada? —preguntó.

—Sí. Hablé con el tipo que compró la casa a Madonna y nos apoyará; presentará cargos si necesitamos que lo haga. Así que no te preocupes, podemos retenerlo y trabajar con eso.

—Bien. Llévalo al centro, métalo en una sala y que sude.

—Entendido, Harry.

—Ah, Ignacio, no hables del cesio con nadie.

—Sí. Entendido.

Bosch cerró el teléfono antes de que Ferras pudiera pedirle que le llamara Iggy. Escuchó el final de la conversación de Brenner. Era obvio que no estaba hablando con Walling. Sus maneras y su tono de voz eran deferentes: estaba hablando con un jefe.

—Según el registro que tengo aquí, a las siete en punto —dijo—. Eso sitúa la transferencia en el mirador hacia las ocho, así que llevamos un retraso de seis horas y media ahora mismo.

Brenner escuchó un poco y luego empezó a hablar varias veces, pero la persona al otro lado de la línea le cortó repetidamente.

—Sí, señor —dijo finalmente—. Sí, señor. Volvemos ahora mismo.

Cerró el teléfono y miró a Bosch.

—Voy a volver en helicóptero. He de organizar una video-conferencia de información con Washington. Te llevaría, pero creo que es mejor que estés en tierra siguiendo el caso. Le he dejado mis llaves a la agente Walling; ella devolverá mi coche.

—No hay problema.

—¿Su compañero ha encontrado un testigo? ¿Es eso lo que he oído?

Bosch no pudo por menos que preguntarse cómo podía haberlo escuchado Brenner mientras mantenía su propia conversación telefónica.

—Quizá, pero suena como una posibilidad remota. Voy al centro para ponerme con eso ahora mismo.

Brenner asintió con solemnidad y le pasó a Bosch una tarjeta de visita.

69

—Si hay algo, llámame. Toda mi información está en la tarjeta. Cualquier cosa, me avisas.

Bosch cogió la tarjeta y se la guardó en el bolsillo. Él y los agentes salieron del laboratorio y unos minutos después observó cómo el helicóptero federal se elevaba en el cielo negro. Se metió en el coche y salió del aparcamiento de la clínica para dirigirse al sur. Antes de entrar en la autovía llenó el depósito en una gasolinera de San Fernando Road.

El tráfico que se dirigía al centro de la ciudad era fluido, y Bosch circuló a una velocidad constante de ciento veinte kilómetros por hora. Encendió el equipo de música y cogió un CD de la consola central sin mirarlo. A las cinco notas del primer tema supo que era una edición japonesa de un disco de importación del bajista Ron Carter. Era buena música para conducir y subió el volumen.

La música le ayudaba a aclarar las ideas. Se dio cuenta de que el caso estaba cambiando. Los federales, al menos, estaban buscando el cesio desaparecido en lugar de a los asesinos. Había una diferencia sutil, pero Bosch consideraba que era importante. Sabía que necesitaba centrarse en el mirador y no perder de vista en ningún momento que se trataba de una investigación de asesinato.

—Encuentra a los asesinos y encontrarás el cesio —se dijo en voz alta.

En el centro cogió la salida de Los Angeles Street y metió el coche en el aparcamiento delantero del cuartel general de la policía. Era tarde y a nadie le importaría que no fuera un VIP o un miembro de la dirección.

El Parker Center estaba en las últimas. Hacía casi una década que se había aprobado la construcción de un nuevo cuartel general de policía, pero debido a los repetidos retrasos presupuestarios y políticos, el proyecto avanzaba lentamente hacia su realización. Entre tanto, poco se había hecho para evitar que el edificio antiguo cayera en la decrepitud. Por fin, las obras habían comenzado, pero se calculaba que se prolongarían otros cuatro años. Muchos de los que trabajaban en el Parker Center se preguntaban si el viejo edificio duraría tanto.

La sala de la brigada de Robos y Homicidios de la tercera planta estaba desierta cuando Bosch llegó allí. Abrió el teléfono móvil y llamó a su compañero.

—¿Dónde estás?

—Eh, Harry. Estoy en el laboratorio. Me estoy llevando lo que puedo para poder empezar con el expediente. ¿Estás en la oficina?

—Acabo de llegar. ¿Dónde has puesto al testigo?

—Lo tengo cocinándose en la sala dos. ¿Quieres empezar con él?

—Podría estar bien enfrentarle con alguien que no haya visto antes. Alguien un poco mayor.

Era una propuesta delicada, dado que el potencial testigo era un hallazgo de Ferras. Bosch no actuaría sin la aprobación táci- 71 ta de su compañero; sin embargo, la situación dictaba que fuera alguien con la experiencia de Bosch quien llevara a cabo un interrogatorio tan importante.

—Todo tuyo, Harry. Cuando vuelva observaré desde la sala de medios. Si necesitas que entre, hazme la señal.

—Bien.

—He preparado café en la oficina del capitán, si te apetece.

—Perfecto. Lo necesito. Pero háblame primero del testigo.

—Se llama Jesse Mitford y es de Halifax. Es una especie de vagabundo. Me dijo que llegó en autoestop y ha dormido en albergues, o a veces en las colinas si hacía mejor tiempo. Eso es todo.

Era muy poco, pero era un punto de partida.

—Quizás iba a dormir en el jardín de Madonna, por eso no se largó.

—No se me ocurrió, Harry. Puede que tengas razón.

—Me acordaré de preguntárselo.

Bosch colgó el teléfono, cogió la taza de café del cajón de su mesa y se dirigió al despacho del capitán de Robos y Homicidios. Había una antesala donde se hallaba el escritorio de la secretaria y una mesa con una cafetera. Bosch percibió el olor de café recién hecho al entrar y sólo eso casi bastó para darle la carga de cafeína que necesitaba. Se sirvió una taza, dejó un dólar en el cestillo y se dirigió de nuevo a su escritorio.

La sala de brigada estaba diseñada con largas filas de escritorios enfrentados, de manera que los compañeros se sentaban uno delante del otro. La configuración no permitía intimidad personal ni profesional. La mayor parte del resto de las oficinas de detectives de la ciudad se habían transformado en cubículos con paredes que aislaban el sonido y proporcionaban intimidad, pero en el Parker Center, debido a la inminente demolición, no se gastaba dinero en mejoras.

Como Bosch y Ferras eran las últimas incorporaciones de la brigada, sus escritorios se hallaban en el extremo de una fila, en un rincón sin ventanas donde la circulación de aire era mala y la salida estaba más lejos en caso de terremoto u otra emergencia.

El espacio de trabajo de Bosch estaba limpio y ordenado, como lo había dejado. Reparó en una mochila y una bolsa de plástico de pruebas en la mesa de su compañero. Se estiró y cogió primero la mochila. Al abrirla, descubrió que contenía sobre todo ropa y otras pertenencias del potencial testigo. Había un libro titulado *Casa desolada*, de Charles Dickens, y un neceser con pasta de dientes y cepillo. Todo ello eran las escasas pertenencias de una existencia precaria.

Bosch dejó la mochila y estiró el brazo para coger la bolsa de pruebas. Contenía una pequeña cantidad de dinero estadounidense, un juego de llaves, una fina cartera y un pasaporte de Canadá. También contenía un mapa doblado de «Casas de las estrellas» del estilo de los que se vendían en las esquinas en todo Hollywood. Lo desplegó y localizó el mirador de Mulholland Drive por encima del lago Hollywood. Justo a la derecha de la escena del crimen había una estrella negra con el número 23 rodeada por un círculo en rotulador. Comprobó el índice y el número de la estrella 23, que decía: «Casa de Madonna en Hollywood».

El plano obviamente no se había actualizado con los cambios de residencia de Madonna, y Bosch sospechaba que pocas de las direcciones de las estrellas y las listas correspondientes eran precisas. Esto explicaba por qué Jesse Mitford había estado acechando una casa en la que ya no vivía Madonna.

Bosch volvió a plegar el plano, puso todas las propiedades de Mitford otra vez en la mochila y dejó ésta en el escritorio de su compañero. Cogió una libreta y una hoja de derechos de un cajón y se dirigió a la sala de interrogatorios número dos, que se encontraba en un pasillo de la parte de atrás de la sala de brigada.

Jesse Mitford aparentaba menos edad. Tenía el cabello oscuro y rizado, la piel blanca como el marfil y un rastrojo de perilla que daba la sensación de que había tardado toda la vida en crecer. Lucía un aro de plata en la nariz y otro en una ceja. Parecía alerta y asustado. Estaba sentado a una mesita en la pequeña sala de interrogatorios, donde se percibía un fuerte olor corporal. Mitford estaba sudando, lo cual era por supuesto el objetivo. Bosch comprobó el termostato del pasillo antes de entrar y vio que Ferras había puesto la temperatura de la sala de interrogatorios en veintiocho grados.

—Jesse, ¿cómo estás? —preguntó Bosch al sentarse enfrente de él.

—Uf, no muy bien. Hace calor aquí.

—¿De verdad?

—¿Eres mi abogado?

—No, Jesse, soy tu detective. Me llamo Harry Bosch. Soy detective de homicidios y trabajo en el caso del mirador.

Bosch puso la libreta y su taza de café en la mesa. Se fijó en que Mitford todavía llevaba puestas las esposas. Era un buen detalle de Ferras mantener al chico confundido, asustado y preocupado.

—Le dije al detective mexicano que no quería hablar más. Quiero un abogado.

Bosch asintió con la cabeza.

—Es cubano-americano, Jesse —explicó—. Y no tienes abogado. Los abogados son sólo para los ciudadanos estadounidenses.

Era mentira, pero Bosch confiaba en que el joven de veinte años no lo supiera.

—Tienes problemas, chico —continuó—. Una cosa es acechar a una novia o un novio, y otra es hacerlo a una famosa. Ésta es una ciudad de celebridades en un país de celebridades, Jesse, y aquí cuidamos de las nuestras. No sé cómo son las cosas en Canadá, pero las penas para lo que estabas haciendo esta noche son muy duras.

Mitford negó con la cabeza, como si pudiera sacudirse los problemas de ese modo.

—Pero me han dicho que ella ni siquiera vive allí ya. Me refiero a Madonna. Realmente no la estaba acechando, sólo estaba entrando sin autorización.

Bosch negó con la cabeza.

—Se trata de la intención, Jesse. Pensabas que podría estar allí. Tenías un plano que decía que estaba allí; incluso lo marcaste con un círculo. Así que, por lo que respecta a la ley, eso constituye acoso a una celebridad.

—Entonces, ¿por qué venden planos con las casas de las estrellas?

—¿Y por qué los bares tienen aparcamiento si es ilegal conducir borracho? No vamos a entrar en ese juego, Jesse. La cuestión es que no hay nada en el plano que diga que esté bien saltar por encima de un muro y entrar en una propiedad privada, ¿entiendes lo que digo?

Mitford bajó la mirada a sus muñecas esposadas y asintió con tristeza.

—Aunque te diré una cosa —dijo Bosch—. Puedes estar contento, porque las cosas no son tan malas como parecen. Pueden acusarte de asediar y entrar en una propiedad privada, pero creo que podremos ocuparnos de eso si accedes a cooperar conmigo.

Mitford se inclinó hacia delante.

—Pero ya se lo he dicho a ese detective mexi... cubano: no vi nada.

Bosch esperó un largo momento antes de responder.

—No me importa lo que le dijeras. Ahora estás tratando conmigo, hijo. Y creo que me estás ocultando algo.

—No. Lo juro por Dios.

Alzó ambas manos en un gesto de súplica tan separadas como le permitían las esposas, pero Bosch no le creyó. El chico era demasiado joven para ser un mentiroso capaz de convencerlo. Decidió irle de frente.

—Deja que te diga algo, Jesse. Mi compañero es bueno y llegará lejos en el departamento, de eso no hay duda. Pero ahora mismo es un bebé. Es detective desde que tú te dejaste esa barba de pelusilla de melocotón, más o menos. Yo, en cambio, llevo muchos años, y eso significa que he estado con muchos mentirosos. A veces creo que todo el mundo miente. Y, Jesse, te lo aseguro, me estás mintiendo, y a mí nadie me miente.

—¡No! Yo...

—Mira, tienes treinta segundos para empezar a hablar o voy a llevarte abajo y a meterte en el calabozo del condado. Estoy seguro de que habrá alguien allí esperando la compañía de un chico como tú. ¿Ves?, a eso me refiero con las penas duras respecto al acecho.

Mitford se miró las manos en la mesa. Bosch esperó y pasaron lentamente veinte segundos. Finalmente, Bosch se levantó.

—Vale, Jesse, levántate. Nos vamos.

75

—Espere, espere, espere.

—¿Para qué? ¡He dicho que te levantes! Vamos. Es una investigación de asesinato, no voy a perder el tiempo con…

—Vale, vale, se lo contaré. Lo vi todo, ¿vale? Lo vi todo.

Bosch lo estudió un momento.

—¿Estás hablando del mirador? —preguntó—. ¿Viste los disparos en el mirador?

—Lo vi todo, tío.

Bosch apartó la silla y volvió a sentarse.

8

*B*osch impidió que Jesse Mitford hablara hasta que hubo firmado una declaración de derechos. No importaba que se le considerara testigo de un asesinato ocurrido en el mirador de Mulholland; lo que había presenciado, fuera lo que fuese, lo vio porque estaba en el proceso de cometer su propio delito: acechar y entrar en una propiedad privada. Bosch quería asegurarse de que no cometía errores en el caso. No quería apelaciones por lo que en la jerga judicial se conocía como «fruta del árbol envenenado». No quería retrocesos. Las apuestas eran altas, los federales eran especialistas en cuestionar las cosas a posteriori y Bosch sabía que tenía que hacerlo bien.

— Vale, Jesse — dijo cuando el joven canadiense firmó el formulario de derechos—. Vas a decirme lo que viste y oíste en el mirador. Si dices la verdad y resultas útil voy a retirar todos los cargos y te dejaré marchar como un hombre libre.

Técnicamente, Bosch estaba exagerando. Carecía de autoridad para retirar cargos o hacer tratos con sospechosos de delitos. Ahora bien, tampoco lo necesitaba, porque Mitford todavía no había sido acusado formalmente de nada. Eso le daba margen. Era una cuestión semántica: lo que realmente estaba ofreciendo era no proceder a acusar a Mitford a cambio de la cooperación honrada del joven canadiense.

— Entiendo — dijo Mitford.

— Recuerda, sólo la verdad: lo que viste y oíste. Nada más.

—Entiendo.

—Levanta las manos.

Mitford levantó las manos y Bosch usó su propia llave para quitarle al joven las esposas de su compañero Ferras. Mitford inmediatamente empezó a frotarse las muñecas para recuperar la circulación. Le recordó a Bosch la imagen de Alicia Kent haciendo lo mismo antes.

—¿Te sientes mejor? —preguntó.

—Sí, bien —replicó Mitford.

—Vale, entonces empecemos por el principio. Dime de dónde vienes, adónde ibas y qué viste exactamente en el mirador.

Mitford asintió con la cabeza y durante veinte minutos relató a Bosch un recorrido que empezaba en Hollywood Boulevard con la compra de un plano de las estrellas a un vendedor callejero y una larga caminata hasta las colinas. Su trayecto le llevó casi tres horas y probablemente explicaba —más que la calefacción de la sala de interrogatorios— el olor que emanaba su cuerpo. Le dijo a Bosch que a la hora que llegó a Mulholland Drive estaba oscureciendo y él estaba cansado. La casa donde según el mapa vivía Madonna estaba oscura en el interior y no parecía haber nadie en la propiedad. Decepcionado, decidió descansar de su larga excursión y esperar a ver si la cantante pop llegaba a la casa más tarde. Encontró un lugar detrás de algunos arbustos donde podía apoyarse en el muro exterior que rodeaba la casa de su presa —él no usó esa palabra— y esperar. Mitford aseguró que se quedó dormido hasta que algo le despertó.

—¿Qué te despertó? —preguntó Bosch.

—Voces. Oí voces.

—¿Qué dijeron?

—No lo sé. Sólo sé que me despertaron.

—¿A cuánta distancia estabas del mirador?

—No lo sé. A unos cien metros, creo. Estaba bastante lejos.

—¿Qué oíste una vez estuviste despierto?

—Nada. Pararon de hablar.

—Muy bien, entonces, ¿qué viste cuando te despertaste?

—Vi tres coches aparcados en la explanada. Uno era un Porsche y los otros dos eran más grandes. No conozco la marca, pero eran muy parecidos.

—¿Viste a los hombres en el mirador?

—No, no vi a nadie. Estaba demasiado oscuro. Pero entonces volví a oír la voz y procedía de allí, de la oscuridad. Era como un grito. Justo en el momento en que miré vi dos rápidos destellos de disparos como amortiguados. Vi a alguien de rodillas en la explanada, en el fogonazo de luz. Pero fue tan rápido que es lo único que vi.

Bosch asintió.

—Está bien, Jesse. Lo estás haciendo bien. Vamos a repasar esta parte otra vez para tenerla clara: estabas dormido y entonces una voz te despertó y tú miraste y viste los tres coches. ¿Es así?

—Sí.

—Vale, bien. Entonces oíste otra vez una voz y te volviste hacia el mirador. Justo entonces se produjeron los disparos. ¿Todo esto es correcto?

—Sí.

Bosch asintió con la cabeza; sin embargo, sabía que Mitford podría simplemente estar diciéndole lo que quería oír. Tenía que poner a prueba al chico para asegurarse de que no pasaba eso.

—Ahora has dicho que con el destello de la pistola viste a la víctima caer de rodillas, ¿es así?

—No, no exactamente.

—Entonces cuéntame exactamente lo que viste.

—Creo que ya estaba de rodillas. Fue tan rápido que no lo habría visto caer. Creo que ya estaba arrodillado.

Bosch asintió con la cabeza. Mitford había pasado el primer test.

—Vale, buen detalle. Ahora hablemos de lo que oíste. Dijiste que oíste a alguien gritar antes de los disparos, ¿sí?

—Sí.

—Bien, ¿qué gritó esa persona?

El joven pensó por un momento y luego negó con la cabeza.

—No estoy seguro.

—No importa. No quiero que digas nada de lo que no estemos seguros. Intentemos un ejercicio para ver si ayuda: cierra los ojos.

—¿Qué?

—Sólo cierra los ojos —dijo Bosch—. Piensa en lo que viste. Trata de recuperar la memoria visual y el sonido vendrá a continuación. Estás mirando los tres coches y entonces una voz atrae tu atención hacia el mirador. ¿Qué dice la voz?

Bosch habló con voz calmada y tranquilizadora. Mitford siguió sus instrucciones y cerró los ojos. Bosch esperó.

—No estoy seguro —dijo finalmente el joven—. No puedo recordarlo todo. Creo que estaba diciendo algo sobre Alá y luego sonó el disparo.

Bosch se quedó un momento en perfecto silencio antes de responder.

—¿Alá? ¿Quieres decir la palabra árabe Alá?

—No estoy seguro. Eso creo.

—¿Qué más dijo?

—Nada más. Los disparos lo cortaron. Empezó a gritar cosas de Alá y entonces el disparo ahogó el resto.

—Quieres decir «*Alá akbar*», ¿es eso lo que gritó?

—No lo sé. Sólo oí la parte de Alá.

—¿Sabes si tenía acento?

—¿Acento? No lo sé. Sólo oí eso.

—¿Británico? ¿Árabe?

—La verdad es que no lo sé. Estaba demasiado lejos y sólo oí esa palabra.

Bosch pensó en ello durante unos segundos. Recordó lo que había leído de las grabaciones de la cabina de pilotos en los atentados del 11-S. Los terroristas gritaron *Alá akbar* (Dios es grande) en el último momento. ¿Uno de los asesinos de Stanley Kent había hecho lo mismo?

Una vez más sabía que tenía que ser cuidadoso y concienzudo. Gran parte de la investigación podía depender de la única palabra que Mitford creía haber oído en el mirador.

—Jesse, ¿el detective Ferras te habló de este caso antes de meterte en esta sala?

El testigo se encogió de hombros.

—La verdad es que no me dijo nada.

—¿No te dijo lo que pensábamos que estábamos buscando o qué dirección podría tomar el caso?

—No, nada de eso.

Bosch lo miró durante unos segundos.

—Vale, Jesse —dijo al fin—. ¿Qué ocurrió a continuación?

—Después de los disparos vi que alguien corría desde el descampado hacia los coches. Se metió en uno de ellos y retrocedió hasta acercarse al Porsche. Entonces abrió el maletero desde dentro y bajó. El maletero delantero del Porsche quedó abierto.

—¿Dónde estaba el otro hombre mientras él hacía esto?

Mitford parecía confundido.

—Supongo que estaba muerto.

—No, me refiero al segundo de los asesinos. Había dos criminales y una víctima, Jesse. Tres coches, ¿recuerdas?

Bosch levantó tres dedos como ayuda visual.

—Sólo vi a un criminal —dijo Mitford—. El que disparó. Alguien más se quedó en el coche que estaba detrás del Porsche, pero no salió.

—¿Se limitó a quedarse en el vehículo?

—Exacto. De hecho, justo después del disparo, ese coche hizo un giro de ciento ochenta grados y se alejó.

—¿Y el conductor no salió durante todo el tiempo que estuvo en el mirador?

—No, nunca.

Bosch pensó en esto durante un momento. Lo que Mitford

81

había descrito indicaba una verdadera división del trabajo entre los dos sospechosos. Coincidía con la descripción de los hechos que Alicia Kent había ofrecido antes: un hombre interrogándola y luego traduciendo y dando órdenes al segundo. Bosch supuso que era el que hablaba inglés quien se quedó en el coche en el mirador.

—De acuerdo —dijo finalmente—. Volvamos al caso, Jesse. Has dicho que justo después de los disparos uno se aleja mientras que el otro se acerca al Porsche y abre el maletero. ¿Qué ocurrió entonces?

—Bajó y sacó algo del Porsche y lo puso en el maletero del otro coche. Era realmente pesado y le costó mucho. Parecía que tenía asas a los lados.

Bosch sabía que estaba describiendo el cerdo usado para transportar materiales radiactivos.

—Luego, ¿qué?

—Volvió a meterse en el coche y se alejó. Dejó el maletero del Porsche abierto.

—¿Y no viste a nadie más?

—A nadie más. Lo juro.

—Describe al hombre que viste.

—Realmente no puedo describirlo. Llevaba una sudadera con la capucha puesta, no le vi la cara ni nada. Creo que debajo de la capucha llevaba pasamontañas.

—¿Por qué crees eso?

Mitford se encogió de hombros otra vez.

—No lo sé, sólo me lo pareció. Podría equivocarme.

—¿Era grande? ¿Pequeño?

—Creo que era normal. Quizás un poco bajo.

—¿Qué aspecto tenía?

Bosch tuvo que intentarlo otra vez. Era importante. Pero Mitford negó con la cabeza.

—No pude verlo —insistió—. Estoy convencido de que llevaba la cara tapada.

82

Bosch no se rindió.

—¿Blanco, negro, de Oriente Próximo?

—No lo sé. Llevaba la capucha y el pasamontañas y yo estaba muy lejos.

—Piensa en las manos, Jesse. Has dicho que el objeto que cambió de coche tenía asas. ¿Le viste las manos? ¿De qué color eran las manos?

Mitford pensó un momento y sus ojos brillaron.

—No, llevaba guantes. Recuerdo los guantes porque eran muy grandes, como los que llevan los tipos que trabajan en el ferrocarril en Montreal. Guantes de trabajo con los puños grandes para no quemarse.

Bosch asintió. Buscando una cosa había obtenido otra. Guantes protectores. Se preguntó si existían guantes especialmente diseñados para manipular material radiactivo y se dio cuenta de que había olvidado preguntarle a Alicia Kent si los hombres que habían entrado en su casa llevaban guantes. Esperaba que Rachel hubiera cubierto todos los detalles cuando se quedó con ella.

Bosch hizo una pausa. En ocasiones los silencios son los momentos más incómodos para los testigos. Éstos empiezan a llenar los blancos.

Pero Mitford no dijo nada. Después de un buen rato, Bosch continuó.

—Vale, tenemos dos coches arriba además del Porsche. Describe el coche que retrocedió hasta el Porsche.

—No puedo. Sé cómo es un Porsche, pero no entiendo de coches. Los dos eran mucho más grandes, de cuatro puertas.

—Hablemos del que estaba delante de un Porsche. ¿Era un sedán?

—No conozco el modelo.

—No, un sedán es un tipo de vehículo, no una marca. Cuatro puertas, maletero, como un coche de policía.

—Sí, así.

83

Bosch pensó en la descripción de Alicia Kent de su coche desaparecido.

—¿Conoces el Chrysler 300?

—No.

—¿De qué color era el coche que viste?

—No estoy seguro, pero era oscuro. Negro o azul oscuro.

—¿Y el otro coche? ¿El que estaba detrás del Porsche?

—Lo mismo. Un sedán oscuro. Era diferente del de delante, quizás un poco más pequeño, pero no sé de qué marca. Lo siento.

El chico frunció el ceño, como si no conocer las marcas y modelos de los coches constituyera un fracaso personal.

—Está bien, Jesse, lo estás haciendo bien —dijo Bosch—. Nos has ayudado mucho. ¿Crees que si te enseño fotos de varios sedanes podrás reconocer los coches?

—No, no los vi suficiente. Estaba demasiado lejos.

Bosch asintió, pero estaba decepcionado. Consideró la situación por un momento: la historia de Mitford coincidía con la información proporcionada por Alicia Kent. Los dos intrusos de la casa de los Kent necesitaban un transporte para llegar allí. Uno habría cogido el vehículo original mientras que el otro usaría el Chrysler de Kent para transportar el cesio. Parecía la opción obvia.

Sus pensamientos le suscitaron una nueva pregunta para Mitford.

—¿En qué dirección se fue el segundo coche cuando se alejó?

—También hizo un giro de ciento ochenta grados y bajó por la colina.

—¿Y eso fue todo?

—Eso fue todo.

—¿Qué hiciste entonces?

—¿Yo? Nada. Me quedé donde estaba.

—¿Estabas asustado?

—Sí. Estaba convencido de que había visto un asesinato.

—¿No fuiste a ver cómo estaba, a ver si estaba vivo y necesitaba ayuda?

Mitford apartó la mirada de Bosch y negó con la cabeza.

—No, estaba asustado, lo siento.

—Está bien, Jesse. No has de preocuparte por eso. Ya estaba muerto. Estaba muerto antes de tocar el suelo. Pero lo que me suscita curiosidad es por qué te quedaste escondido tanto tiempo. ¿Por qué no bajaste la colina? ¿Por qué no llamaste a Emergencias?

Mitford levantó las manos y las dejó caer en la mesa.

—No lo sé. Supongo que estaba asustado. Seguí el plano colina arriba, así que era el único camino de vuelta que conocía. Tendría que haber pasado por delante y pensaba que la policía podría culparme si aparecía mientras yo estaba pasando por ahí. Y pensaba que si lo había hecho la mafia, o gente de ésa, si descubrían que yo lo había visto todo me matarían o algo.

Bosch asintió.

—Creo que veis demasiadas series de televisión en Canadá. No has de preocuparte, nos ocuparemos de ti. ¿Cuántos años tienes, Jesse?

—Veinte.

—Entonces, ¿qué estabas haciendo en la casa de Madonna? ¿No es un poco mayor para ti?

—No, no era eso. Era para mi madre.

—¿La estabas vigilando por tu madre?

—No soy un acosador. Sólo quería llevarle a mi madre su autógrafo o si tenía una foto o algo así. Quería enviarle algo a mi madre y no tengo nada. No sé, sólo para mostrarle que estoy bien. Pensaba que si le contaba que había conocido a Madonna entonces no me sentiría tan… ya sabe. Crecí escuchando a Madonna porque mi madre escucha todos sus discos. Sólo pensaba que sería genial enviarle algo. Su cumpleaños se acerca y no tengo nada.

—¿Por qué viniste a Los Ángeles, Jesse?

—No lo sé. Me pareció el lugar al que venir. Esperaba poder unirme a un grupo de música o algo, pero parece que la mayoría de la gente ya viene aquí con su grupo. Yo no tengo grupo.

Bosch pensó que Mitford había adoptado la pose del trovador vagabundo, pero no había guitarra ni otro instrumento móvil en su mochila.

—¿Eres músico o cantante?

—Toco la guitarra, pero tuve que empeñarla hace unos días. La recuperaré.

—¿Dónde te hospedas?

—En realidad ahora mismo no tengo ningún sitio; anoche pensaba dormir en las colinas. Supongo que es la verdadera respuesta de por qué no me fui después de ver lo que le ocurrió a ese tipo allí arriba. La verdad es que no tengo un sitio a donde ir.

Bosch comprendió. Jesse Mitford no era distinto de miles de otras personas que se subían al autobús cada mes o que hacían dedo hasta la ciudad. Tenían más sueños que planes o dinero; más esperanza que astucia, talento o inteligencia. No todos los que fracasaban acechaban a aquellos que lograban el éxito, pero lo que todos ellos compartían era ese filo desesperado. Y algunos nunca lo perdían, ni siquiera después de que sus nombres aparecieran en los carteles luminosos y de que se compraran casas en las cimas de las colinas.

—Vamos a tomarnos un descanso, Jesse —dijo Bosch—. He de hacer unas llamadas y luego probablemente necesitaremos repasarlo todo otra vez, ¿te parece bien? También procuraré conseguirte una habitación de hotel o algo.

Mitford asintió.

—Piensa en los coches y en el hombre que viste, Jesse. Necesitamos que recuerdes más detalles.

—Lo estoy intentando, pero…

El joven canadiense no terminó la frase, y Bosch lo dejó en la sala.

En el pasillo, Bosch bajó la calefacción y la puso en dieciocho grados. La sala pronto se enfriaría y en lugar de sudar, Mitford empezaría a tener frío; aunque, viniendo de Canadá, quizá no. Después de enfriarlo un rato, Bosch lo intentaría otra vez para ver si surgía algo nuevo. Miró su reloj. Eran casi las cinco de la mañana y la reunión del caso que habían programado los federales se celebraría al cabo de cuatro horas. Había mucho que hacer, pero todavía tenía algo de tiempo para trabajar con Mitford. El primer asalto había resultado productivo. No había razón para pensar que no había nada más que obtener con un segundo intento.

En la sala de brigada, Bosch encontró a Ignacio Ferras trabajando en su escritorio. Estaba sentado de perfil en la silla y escribiendo en su portátil en una mesa auxiliar. Bosch se fijó en que las propiedades de Mitford habían sido sustituidas en la mesa por otras bolsas de pruebas y carpetas. Era todo lo que se había llevado la policía científica de las dos escenas del crimen que el caso tenía hasta el momento.

—Harry, lo siento, no volví allí a mirar —dijo Ferras—. ¿Alguna novedad del chico?

—Casi estamos. Sólo me he tomado un descanso.

Ferras tenía treinta años y un cuerpo atlético. En su escritorio estaba el trofeo que le habían concedido por ser el primero de su promoción en las pruebas físicas de la academia. También era atractivo, con la piel color café, el pelo corto y ojos penetrantes.

Bosch se acercó a su propio escritorio y usó el teléfono. Iba a despertar al teniente Gandle una vez más para ponerle al corriente de las novedades.

—¿Has rastreado ya el arma de la víctima? —le preguntó a Ferras.

—Sí, lo he sacado del ordenador del ATF. Compró una calibre 22 hace seis meses, una Smith and Wesson.

Bosch asintió.

87

—Una 22 encaja —dijo—. No produce heridas de salida.

—Las balas entran pero no salen.

Ferras dijo la frase como en un anuncio de televisión y se rio de su propio chiste. Bosch pensó en la paradoja subyacente. Habían advertido a Stanley Kent que su profesión lo hacía vulnerable. Su respuesta fue comprarse un arma como protección.

Y ahora Bosch apostaba a que la pistola que había comprado había sido usada contra él, que un terrorista que gritó el nombre de Alá al apretar el gatillo la había utilizado para matarle. Qué mundo era ése, pensó Bosch, en el que alguien reúne el coraje para apretar el gatillo y matar a otro hombre invocando a su Dios.

—No es una buena forma de morir —dijo Ferras.

Bosch lo miró a través de dos escritorios.

—Deja que te diga algo —dijo—. ¿Sabes lo que acabas descubriendo en este trabajo?

—No, ¿qué?

—Que no hay ninguna buena manera de morir.

9

Bosch fue a la oficina del capitán para rellenar su taza de café. Al buscar en el bolsillo otro dólar para el cesto le salió la tarjeta de Brenner y pensó en llamarle a él o a Walling para ponerles al día sobre el interrogatorio de Jesse Mitford. Pero Bosch acababa de poner al corriente al teniente Gandle de lo que el joven canadiense aseguraba haber visto y oído en el mirador, y juntos habían decidido mantener a Mitford en secreto por el momento, al menos hasta la reunión de las nueve de la mañana, en que sería la hora de la verdad con los federales. Si los poderes fácticos federales iban a mantener al departamento implicado en la investigación, quedaría claro en esa reunión. Entonces sería el momento del *quid pro quo*: Bosch compartiría la declaración del testigo a cambio de una participación en la investigación.

Entre tanto, Gandle dijo que enviaría otra actualización a través de la cadena de mando del departamento. Con la revelación de que la palabra Alá había aflorado en la investigación, le correspondía a él asegurarse de que la creciente gravedad del caso era comunicada hacia arriba.

Con la taza llena, Bosch fue a su escritorio y empezó a revisar las pruebas recopiladas en la escena del crimen y en la casa de los Kent, donde Alicia había permanecido cautiva mientras su marido cumplía con las exigencias de sus captores.

Ya sabía lo que se había encontrado en la escena del crimen, y ahora empezó a sacar de las bolsas de pruebas las pertenencias personales de Stanley Kent para examinarlas. En ese momento ya habían sido procesadas por los investigadores forenses y los detectives podían manejarlas.

El primer elemento era el móvil del físico, un BlackBerry. Bosch no era experto en tecnología y lo admitía sin ambages. Había aprendido a manejar su propio móvil, pero era un modelo básico que hacía y recibía llamadas, almacenaba números en una agenda y nada más, que él supiera. Esto significaba que estaba muy perdido al tratar de manipular un dispositivo de última generación.

—Harry, ¿necesitas ayuda con eso?

Bosch levantó la mirada y vio a Ferras sonriéndole. Bosch estaba avergonzado por su falta de capacidad tecnológica, pero no hasta el punto de no aceptar ayuda. Eso convertiría su defecto personal en algo peor.

—¿Sabes cómo funciona esto?

—Claro.

—Tiene correo electrónico, ¿no?

—Debería.

Bosch tuvo que levantarse para alcanzarle el aparato por encima de los dos escritorios.

—A eso de las seis en punto de ayer, Kent recibió un mensaje de correo urgente de su mujer. Tenía una foto de ella atada en su cama. Quiero que veas si hay alguna manera de que puedas imprimir la foto. Quiero verla otra vez, pero más grande que en esa pantallita.

Mientras Bosch iba hablando, Ferras ya se había puesto con la BlackBerry.

—No hay problema —dijo—. Voy a reenviar el mensaje a mi propia cuenta de correo, luego lo abriré y lo imprimiré.

Ferras empezó a usar los pulgares para marcar en el minúsculo teclado del teléfono. A Bosch le parecía algún tipo de juego infantil, como los que había visto usar a los niños en los aviones. No entendía por qué siempre veía a la gente tecleando febrilmente en sus teléfonos. Estaba seguro de que se trataba de algún tipo de advertencia, un signo del declive de la cultura o de la humanidad, pero no alcanzaba a dar con la explicación correcta para lo que sentía. El mundo digital siempre se vendía como un gran avance, pero él continuaba siendo escéptico.

—Vale, ya está enviado —dijo Ferras—. Seguramente llegará en un momento y lo imprimiré. ¿Qué más?

—¿Muestra qué llamadas hizo y qué llamadas recibió?

Ferras no respondió. Manipuló los controles del teléfono.

—¿Hasta cuándo quieres remontarte? —preguntó.

—Por ahora, ¿qué te parece empezar desde ayer a mediodía? —repuso Bosch.

—Ok, estoy en la pantalla. ¿Quieres que te enseñe a usar este chisme o que te dé los números?

Bosch se levantó y rodeó la fila de escritorios para poder mirar por encima del hombro de su compañero a la pantallita del teléfono.

—Sólo dame una visión general por ahora y ya veremos el resto después —dijo—. Si tratas de enseñarme, no terminaremos nunca.

Ferras asintió y sonrió.

—Bueno —dijo—, si hizo una llamada a un número que estuviera en su libreta de direcciones, está registrado por el nombre asociado a dicho número. Y lo mismo si la recibió.

—Entendido.

—Muestra muchas llamadas con la oficina y varios hospitales y con nombres de la libreta de direcciones, probablemente médicos con los que trabajaba, a lo largo de toda la tarde. Tres llamadas son de un tal Barry; supongo que era su socio. He buscado en Internet los registros de empresas del estado y K and K Medical Physicists es propiedad de Kent y de alguien llamado Barry Kelber.

Bosch asintió.

—Sí —dijo—, eso me recuerda que hemos de hablar con el socio por la mañana a primera hora.

Bosch se inclinó por encima del escritorio de Ferras para alcanzar la libreta de su propio escritorio y anotó el nombre de Barry Kelber, mientras Ferras continuaba revisando el historial de llamadas del móvil.

—A ver, a partir de las seis, empieza a llamar alternativamente a su casa y al móvil de su mujer. Tengo la sensación de que no le respondieron porque hizo diez llamadas en tres minutos. Llamó sin parar después de recibir ese mensaje urgente desde la cuenta de su mujer.

Bosch vio que la imagen empezaba a cargarse en un instante. Kent tuvo una jornada rutinaria en el trabajo, atendió un montón de llamadas con gente conocida y luego recibió el mensaje de e-mail de su mujer. Vio la foto anexa y empezó a llamar a casa. Ella no respondió, lo cual sólo consiguió alarmarlo aún más. Finalmente, salió e hizo lo que le ordenaban en el mensaje. Sin embargo, pese a sus esfuerzos y a seguir las órdenes, igualmente lo mataron en el mirador.

—¿Qué es lo que falló? —preguntó en voz alta.

—¿Qué quieres decir, Harry?

—En el mirador. Todavía no entiendo por qué lo mataron. Hizo lo que querían, les entregó el material. ¿Qué es lo que falló?

—No lo sé. Quizá lo mataron porque vio una de las caras.

—El testigo dice que el asesino llevaba pasamontañas.

—Bueno, entonces quizá no falló nada. Quizás el plan era matarlo. Prepararon ese silenciador, ¿recuerdas? Y lo de que el tipo gritase Alá no suena a que algo fuera mal; parece parte de un plan.

Bosch asintió con la cabeza.

—Pero si ése era el plan, ¿por qué matarlo a él y no a ella? ¿Por qué dejar un testigo?

—No lo sé, Harry, pero ¿esos musulmanes radicales no tienen una regla respecto a herir a las mujeres? ¿No los deja fuera del nirvana o del cielo o de como quieran llamarlo?

Bosch no respondió la pregunta porque desconocía las costumbres culturales a las que se había referido groseramente su compañero. No obstante, la pregunta subrayaba para él lo fuera de su elemento que se encontraba en el caso. Estaba acostumbrado a perseguir a asesinos motivados por la codicia, la lujuria o cualquiera de los siete pecados capitales. El extremismo religioso no solía figurar en la lista.

Ferras dejó la BlackBerry y se volvió hacia su ordenador. Como muchos detectives, prefería usar su propio portátil porque los ordenadores proporcionados por el departamento eran viejos y lentos y la mayoría de ellos tenían más virus que una fulana de Hollywood Boulevard.

Guardó el archivo en el que había estado trabajando y abrió su buzón de correo electrónico. El mensaje reenviado desde la cuenta de Alicia Kent estaba allí. Ferras lo abrió y silbó al ver la fotografía de Alicia Kent desnuda y atada a la cama.

—Sí, esto serviría —dijo. Se refería a que comprendía por qué Kent había entregado el cesio. Ferras llevaba casado menos de un año y tenía un hijo en camino. Bosch estaba empezando a conocer a su nuevo compañero, pero ya sabía que estaba profundamente enamorado de su mujer. Debajo del cristal de su mesa, Ferras tenía un *collage* de fotos de su esposa; debajo del cristal de su lado del escritorio, Bosch tenía fotos de víctimas de homicidios a cuyos asesinos todavía buscaba.

—Imprime eso —dijo Bosch—. Amplíalo si puedes. Y sigue jugando con ese teléfono, a ver qué más puedes encontrar.

Bosch volvió a su lado de la mesa de trabajo y se sentó. Ferras amplió la foto del mensaje de correo en una impresora de color instalada en la parte de atrás de la sala de brigada. Fue a buscar el papel y se lo llevó a Bosch.

Bosch ya se había puesto las gafas de leer, pero sacó de un cajón una lupa rectangular que compró cuando notó que su

93

graduación ya no era adecuada para el trabajo de cerca. Nunca usaba la lupa cuando la sala estaba llena de detectives; no quería darles a los demás algo con lo que ridiculizarlo, fuera en broma o no.

Puso la fotografía en la mesa y se inclinó sobre ella con la lupa. Primero estudió las ataduras que sostenían los miembros de la mujer detrás del torso. Los intrusos habían usado seis bridas, colocando un lazo en torno a cada muñeca y tobillo y luego otra brida más para unir los tobillos y la última para unir las ligaduras de las muñecas con la que conectaba los tobillos.

Le pareció una forma exageradamente complicada para atar las extremidades de la mujer. No era la manera en que lo habría hecho Bosch si él fuera un secuestrador tratando de atar y amordazar rápidamente a una mujer que quizá se debatía. Él habría usado menos ataduras y habría hecho el trabajo de una manera más fácil y rápida.

94   No estaba seguro de qué significaba eso, si es que significaba algo. Quizás Alicia Kent no se había debatido en absoluto y, a cambio de su cooperación, sus captores habían usado los enlaces extra para que el tiempo que pasara atada en la cama fuera menos arduo para ella. A Bosch le parecía que la forma en que la habían atado facilitaba que sus brazos y piernas no estuvieran estiradas por detrás del torso tanto como podrían haberlo estado. Aun así, recordó los hematomas que había visto en las muñecas de Alicia Kent y se dio cuenta de que, de todos modos, el tiempo que pasó desnuda en la cama, atada y amordazada, no había sido fácil. Concluyó que lo único que sabía a ciencia cierta después de estudiar la foto era que necesitaba hablar con Alicia Kent otra vez y repasar con más detalle todo lo que había ocurrido.

En una página en blanco de su libreta anotó sus dudas respecto a las ataduras. Planeaba usar el resto de la página para añadir más preguntas para una eventual entrevista de seguimiento con ella.

No surgió nada más de su examen de la fotografía. Cuando terminó, Bosch dejó a un lado la lupa y empezó revisar los informes forenses de la escena del crimen. Nada captó su atención tampoco allí y rápidamente pasó a los informes y pruebas del domicilio de los Kent. Puesto que él y Brenner habían salido rápidamente de la casa hacia Saint Agatha's, Bosch no estuvo presente cuando los técnicos de la brigada científica buscaron indicios dejados por los intrusos. Estaba ansioso de ver qué se había encontrado, si es que se había encontrado algo.

Sólo había una bolsa de pruebas y contenía las bridas de plástico negro que habían sido utilizadas para atar a la señora Kent y que Rachel había cortado para liberarla.

—Espera un momento —dijo Bosch, sosteniendo la bolsa de plástico transparente—. ¿Es la única prueba que se han llevado de la casa de los Kent?

Ferras levantó la mirada.

—Es la única bolsa que me dieron. ¿Has mirado el listado? Quizá todavía estén procesando alguna cosa.

Bosch miró los documentos que Ferras había obtenido hasta que encontró el listado de indicios forenses. Los técnicos siempre hacían constar en el listado todos los elementos retirados de una escena del crimen. Ayudaba a mantener la cadena de pruebas.

Harry encontró el listado y se fijó en que incluía varios elementos recogidos por los técnicos en la casa de los Kent, la mayoría de ellos pequeños pelos y fibras. Era lo que cabía esperar, aunque no había forma de decir si alguno de esos pelos o fibras procedía de los sospechosos. Aun así, en todos sus años de investigar casos, Bosch todavía tenía que encontrarse con una escena del crimen inmaculada. Simple y llanamente, era una ley básica de la naturaleza que cuando se produce un crimen éste siempre deja su huella, por pequeña que sea, en el entorno. Siempre hay una transferencia, es sólo cuestión de encontrarla.

Cada brida constaba individualmente en la lista, seguida por anotaciones de numerosos pelos y fibras extraídos de lugares que iban desde la alfombra del dormitorio principal al sifón del lavabo del cuarto de baño de invitados. La alfombrilla de ratón del ordenador de la oficina aparecía en la lista, así como una tapa de lente de una cámara Nikon que se había encontrado bajo la cama del dormitorio principal. La última entrada de la lista era la más interesante para Bosch: este elemento de prueba se describía como «ceniza de cigarrillo».

A Bosch no se le ocurría qué valor de prueba podía tener una ceniza de cigarrillo.

—¿Todavía queda en el laboratorio alguien que haya estado en la casa de los Kent? —preguntó a Ferras.

—Hasta hace media hora... —respondió Ferras—. Estaban Buzz Yates y aquella mujer de las huellas... Nunca recuerdo su nombre.

Bosch levantó el teléfono y llamó a la oficina de la brigada científica.

—División de Investigaciones Científicas, Yates.

—Buzz, justo el tipo con el que quería hablar.

—¿Quién es?

—Harry Bosch. Háblame de la ceniza de cigarrillo que has recogido esta noche en la casa de los Kent.

—Ah, sí, era un cigarrillo que se había quemado hasta quedar sólo ceniza. La agente del FBI que estuvo allí me pidió que la cogiera.

—¿Dónde estaba?

—Ella la encontró encima de la cisterna del lavabo de la habitación de invitados. Tal vez alguien dejó un pitillo allí mientras echaba una meada y se olvidó de él. Se quemó hasta el final.

—¿Entonces lo único que recogiste eran cenizas?

—Sí. Un gusano gris. Pero ella insistió en que lo recogiéramos. Dijo que su laboratorio podría hacer algo con...

—Espera un momento, Buzz. ¿Le has dado la prueba?

—Bueno, más o menos. Sí. Ella...

—¿Qué quieres decir con más o menos? O se la has dado o no. ¿Le has dado a la agente Walling las cenizas de cigarrillo que recogiste de mi escena del crimen?

—Sí —reconoció Yates—. Pero no sin mucha discusión y garantías, Harry. Ella dijo que el laboratorio científico del FBI podía analizar las cenizas y determinar el tipo de tabaco, y eso les permitiría determinar el país de origen. Nosotros no podemos hacer nada remotamente parecido, Harry. Ella dijo que sería importante para la investigación, porque podrían estar tratando con terroristas extranjeros, así que le hice caso. Explicó que una vez trabajó en un caso de un incendio provocado en el que encontraron sólo una ceniza del cigarrillo que prendió el fuego. Pudieron determinar la marca y eso los encaminó a un sospechoso específico.

—¿Y la creíste?

—Bueno..., sí, la creí.

—O sea que le diste mi prueba.

Bosch lo dijo con tono de resignación.

—Harry, no es tu prueba. Todos trabajamos en el mismo equipo, ¿no?

—Sí, Buzz, así es.

Bosch colgó el teléfono y maldijo en voz alta. Ferras le preguntó qué pasaba, pero Bosch no le hizo caso.

—Las típicas chorradas federales.

—Harry, ¿has podido dormir algo antes de recibir la llamada?

Bosch miró por encima de la mesa a su compañero. Sabía exactamente adónde quería llegar Ferras con esa pregunta.

—No —respondió Bosch—. Estaba despierto. Pero la falta de sueño no tiene nada que ver con mi frustración con el FBI. Trabajo en esto desde antes de que tú nacieras. Sé como manejar la falta de sueño. —Levantó la taza de café—. Salud.

—Aun así no está bien, compañero —respondió Ferras—. Pronto vamos a tener que correr.

97

—No te preocupes por mí.

—Vale, Harry.

Bosch volvió a sus ideas sobre la ceniza del cigarrillo.

—¿Y las fotos? —preguntó Ferras—. ¿Has recogido las fotos de la casa de los Kent?

—Sí, están por aquí.

Ferras buscó entre las carpetas de su mesa, encontró la que contenía las fotos y se la pasó. Bosch las hojeó y encontró tres imágenes del dormitorio de invitados. Una panorámica amplia, una foto en ángulo del lavabo que mostraba la línea de ceniza en la cisterna y un primer plano del gusano gris, como lo había llamado Buzz Yates.

Extendió las tres fotos y usó una vez más la lupa para estudiarlas. En el primer plano de la ceniza, el fotógrafo había colocado a su lado una regla de quince centímetros para dar escala a la foto. La ceniza medía casi cinco centímetros, casi un cigarrillo entero.

—¿Has visto ya algo, Sherlock? —preguntó Ferras.

Bosch lo miró. Su compañero estaba sonriendo. No le devolvió la sonrisa y concluyó que ya no podría usar la lupa delante de su propio compañero sin que se mofara.

—Todavía no, Watson —dijo.

Pensó que eso mantendría callado a Ferras. Nadie quería ser Watson.

Estudió la imagen del lavabo y se fijó en que el asiento había quedado levantado. Eso indicaba que un varón había usado el cuarto de baño para orinar. La ceniza del cigarrillo reforzaba la idea de que había sido uno de los dos intrusos. Bosch miró la pared de encima del lavabo. Había una pequeña fotografía enmarcada de una escena invernal. Los árboles sin hojas y el cielo gris le hicieron pensar en Nueva York o algún lugar del este.

La foto le recordó una investigación que había cerrado un año antes cuando todavía estaba en la unidad de Casos Abiertos. Cogió el teléfono y volvió a llamar al laboratorio. Cuando Yates respondió, Bosch le preguntó por la persona que había buscado las huellas dactilares en la casa de los Kent.

—Espera —dijo Yates.

Aparentemente molesto aún con Bosch por la anterior llamada, Yates se tomó su tiempo en avisar a la técnica de huellas. Bosch terminó esperando unos cuatro minutos, que aprovechó para revisar las fotos con su lupa.

—Soy Wittig —dijo finalmente una voz.

Bosch la conocía de casos anteriores.

—Andrea, soy Harry Bosch. Quiero hacerte unas preguntas sobre la casa de los Kent.

—¿Qué necesitas?

—¿Pasasteis el láser por el cuarto de baño de invitados?

—Por supuesto, ¿dices donde encontraron la ceniza y el asiento estaba levantado? Sí, sí lo hice.

—¿Había algo?

—No, nada. Lo habían limpiado.

—¿Y la pared de encima del lavabo?

—También he mirado. No había nada.

—Era lo único que quería saber. Gracias, Andrea.

—Que vaya bien.

Bosch colgó y miró la foto de la ceniza. Había algo en ella que le inquietaba, pero todavía no estaba seguro de qué.

—Harry, ¿qué estabas preguntando de la pared del cuarto de baño?

Bosch miró a Ferras. Parte del motivo por el cual el joven detective formaba pareja con Bosch era que el policía experimentado fuera el mentor del relativo principiante. Bosch decidió olvidarse de la pulla de Sherlock Holmes y contarle la historia.

—Hace unos treinta años hubo un caso en Wilshire. Encontraron ahogados en la bañera a una mujer y su perro. Habían limpiado toda la casa, pero la tapa quedó levantada en el lavabo, y eso dio la pista de que estaban buscando a un hombre. El ino-

99

doro también estaba limpio, pero en la pared de encima había una huella de una palma. El tipo había echado una meada y se había apoyado en la pared al hacerlo. Al medir la altura de la palma calcularon la altura del hombre. También supieron que era zurdo.

—¿Cómo?

—Porque la huella en la pared era una palma derecha. Supusieron que el tipo se la aguantó con la mano preferida al echar una meada.

Ferras asintió con la cabeza.

—Entonces, ¿la huella de la palma coincidió con la de un sospechoso?

—Sí, pero sólo después de treinta años. Lo resolvimos el año pasado en Casos Abiertos. No había muchas palmas en la base de datos hace treinta años. Mi compañera y yo revisamos el caso y encontramos una coincidencia al verificar la huella en el sistema informático. La pista del tipo nos llevó hasta Ten Thousand Palms, en el desierto, y fuimos allí a detenerlo. Sacó una pistola y se suicidó antes de que pudiéramos arrestarlo.

—Joder.

—Sí. Siempre pensé que era extraño, ¿sabes?

—¿Qué? ¿Que se suicidara?

—No, eso no. Pienso que es extraño que la palma nos llevara a Ten Thousand Palms.[2]

—Ah, sí. Qué ironía. Entonces, ¿no tuviste oportunidad de hablar con él?

—La verdad es que no. Pero estábamos seguros de que era él. Y en cierto modo me tomé su suicidio delante de nosotros como un reconocimiento de culpa.

—Claro, por supuesto. Me refiero a si te habría gustado hablar con el tipo y preguntarle por qué mató al perro, nada más.

Bosch miró a su compañero un momento.

2. Diez mil palmas. *(N. del T.)*

—Creo que si hubiéramos hablado con él nos habría interesado más saber por qué mató a la mujer.

—Sí, ya, sólo me preguntaba por qué el perro, ¿sabes?

—Creo que pensó que el perro podría ser capaz de identificarlo. Tal vez temía que lo reconociera y pudiera reaccionar en su presencia. No quería correr ese riesgo.

Ferras asintió como si aceptara la explicación. A Bosch acababa de ocurrírsele; la pregunta del perro nunca había surgido durante la investigación.

Su compañero volvió a centrarse en su trabajo y Bosch se recostó en la silla y volvió a pensar en el caso que les ocupaba. En ese momento tenía en la cabeza una maraña de ideas y preguntas y, una vez más, lo que más le inquietaba era la idea básica de por qué habían matado a Stanley Kent. Alicia Kent afirmó que los dos hombres que la mantuvieron cautiva llevaban pasamontañas de esquí. Jesse Mitford dijo que pensaba que el hombre al que vio matar a Kent en el mirador llevaba un pasamontañas de esquí. Esto planteó dos preguntas a Bosch: ¿por qué disparar a Stanley Kent si ni siquiera podría haber identificado al asesino? ¿Por qué llevar pasamontañas si el plan había sido en todo momento matarlo? Supuso que el pasamontañas podía haber sido una treta para tranquilizar falsamente a Kent y lograr su cooperación. Pero esa conclusión tampoco le convencía.

Una vez más dejó las preguntas de lado, decidiendo que todavía no disponía de suficiente información para actuar adecuadamente. Tomó un poco de café y se preparó para un segundo intento con Jesse Mitford en la sala de interrogatorios, pero antes sacó el teléfono. Todavía conservaba el número de Rachel Walling del caso de Echo Park.

Hizo la llamada, preparado para que ella hubiera cambiado de número. No obstante, el número seguía funcionando, pero cuando oyó la voz de Rachel era una grabación que le decía que dejara un mensaje después de la señal.

—Soy Harry Bosch —dijo—. He de hablar contigo de va-

101

rias cosas y quiero recuperar mis cenizas de cigarrillo. Esa escena del crimen es mía.

Colgó. Sabía que el mensaje la molestaría, quizás incluso la pondría furiosa. Sabía que estaba inextricablemente abocado a una confrontación con Rachel y el FBI que probablemente no era necesaria y que podría evitarse con facilidad.

Aun así, Bosch no supo contenerse. Ni siquiera por Rachel y el recuerdo de lo que los había unido. Ni siquiera por la esperanza de un futuro con ella, que todavía llevaba grabada como un número en el teléfono móvil de su corazón.

10

*B*osch y Ferras salieron por la puerta delantera del hotel Mark Twain y contemplaron la mañana. La luz empezaba a filtrarse en el cielo.

La gruesa capa de niebla marina se adentraba en la ciudad, haciendo más profundas las sombras en las calles. A Bosch le recordó una ciudad de fantasmas y eso le parecía bien. Coincidía con su punto de vista.

—¿Crees que se quedará? —preguntó Ferras.

Bosch se encogió de hombros.

—No tiene otro lugar al que ir —dijo.

Acababan de meter a su testigo en el hotel bajo el alias de Charles Dickens. Jesse Mitford se había convertido en un activo valioso: era el as en la manga de Bosch. Aunque no había podido dar una descripción del hombre que disparó a Stanley Kent y que se llevó el cesio, Mitford había proporcionado a los investigadores un entendimiento claro de lo ocurrido en el mirador de Mulholland.

También sería útil si la investigación conducía a una detención y un juicio; su declaración se utilizaría como hilo narrativo del crimen. Un fiscal podría usarlo para conectar los distintos elementos para el jurado, y eso lo hacía valioso, tanto si podía identificar al asesino como si no.

Después de consultar con el teniente Gandle, se decidió que no deberían perderle la pista al joven vagabundo. Gandle aprobó un gasto de hotel que mantendría a Mitford en el Mark Twain durante cuatro días. Para entonces el caso probablemente habría tomado una dirección más clara.

Bosch y Ferras entraron en el Crown Victoria que Ferras había sacado antes del aparcamiento y se dirigieron por Wilcox hacia Sunset, con Bosch al volante. En el semáforo, Harry sacó su teléfono móvil. No había vuelto a tener noticias de Rachel Walling, así que marcó el número que le había dado el compañero de ésta. Brenner respondió de inmediato y Bosch procedió con precaución.

—Sólo para dar señales de vida —dijo—. ¿Sigue en pie la reunión de las nueve?

Quería asegurarse de que todavía formaba parte de la investigación antes de poner al día a Brenner.

—Ah, sí... sí, todavía sigue en pie la reunión, pero se ha retrasado.

—¿Hasta cuándo?

—Creo que ahora es a las diez. Te lo haremos saber.

No sonaba como un aval categórico. Decidió presionar a Brenner.

—¿Dónde será? ¿En Táctica?

Sabía por haber trabajado antes con Walling que las oficinas de Táctica estaban en un lugar secreto. Quería ver si Brenner resbalaba.

—No, en el edificio federal del centro, planta catorce. Pregunta por la reunión de Táctica. ¿Ha sido útil el testigo?

Bosch decidió guardarse sus cartas hasta que tuviera una mejor idea de su posición.

—Vio los disparos desde cierta distancia. Luego vio el traslado. Dijo que un hombre lo hizo todo, mató a Stanley Kent y luego pasó el cerdo del Porsche a la parte de atrás de otro vehículo. El segundo tipo esperó en otro coche y se limitó a observar.

—¿Has conseguido alguna matrícula?

—No, ninguna matrícula. Probablemente el coche que se

usó para hacer el traslado fue el de la señora Kent. De esa manera no habría rastros de cesio en su propio coche.

—¿Y el sospechoso al que vio?

—Ya te digo que no pudo identificarlo. Todavía llevaba el pasamontañas. Aparte de eso, nada.

Hubo una pausa antes de que Brenner respondiera.

—Lástima —dijo—. ¿Qué has hecho con él?

—¿El chico? Acabamos de soltarlo.

—¿Dónde vive?

—En Halifax, Canadá.

—Bosch, ya sabes qué quiero decir.

Bosch percibió el cambio de tono, y el cambio a llamarlo por el apellido. No creía que Brenner estuviera preguntando casualmente por la localización exacta de Jesse Mitford.

—No tiene dirección local —contestó—. Es un vagabundo. Acabamos de dejarlo en el Denny's de Sunset. Ahí es donde quería ir. Le dimos veinte dólares para el desayuno.

Bosch sintió la mirada de Ferras clavada en él mientras mentía.

—¿Puedes esperar un segundo, Harry? —dijo Brenner—. Tengo otra llamada. Podría ser de Washington.

Bosch reparó en la vuelta al nombre de pila.

—Claro, Jack, pero puedo colgar.

—No, espera.

Bosch oyó que la línea pasaba a música y miró a Ferras. Su compañero empezó a hablar.

—¿Por qué le has dicho que...?

Bosch se llevó un dedo a los labios y Ferras se detuvo.

—Espera un segundo —dijo Bosch.

Pasó medio minuto mientras Bosch esperaba. Una versión de saxofón de «What a Wonderful World» empezó a sonar en el teléfono. A Bosch siempre le había gustado la frase de la noche oscura y sagrada. El semáforo se puso verde por fin y Bosch giró por Sunset. Entonces Brenner volvió a la línea.

105

—¿Harry? Perdona. Era de Washington. Como te puedes imaginar, están todos encima de este asunto.

Bosch decidió sacar las cosas a la luz.

—¿Qué novedades hay de tu lado?

—No mucho. Seguridad Nacional está enviando una flota de helicópteros con equipo especializado para seguir una pista de radiación. Empezarán por el mirador y tratarán de encontrar una firma específica para el cesio. Pero la realidad es que han de sacarlo del cerdo antes de que puedan captar una señal. Entre tanto, estamos organizando la reunión de evaluación para que podamos asegurarnos de que todos están en la misma longitud de onda.

—¿Eso es todo lo que ha conseguido el gran gobierno?

—Bueno, estamos organizándonos. Ya te dije cómo sería, una sopa de letras.

—Claro. Lo llamaste pandemonio. Los federales son buenos en eso.

—No, no estoy seguro de que dijera eso. Pero siempre hay una curva de aprendizaje. Creo que después de la reunión pondremos este asunto a toda máquina.

Bosch estaba convencido de que las cosas habían cambiado. La respuesta defensiva de Brenner le decía que la conversación o bien estaba siendo grabada o escuchada por otros.

—Aún faltan unas horas para la reunión —dijo Brenner—. ¿Cuál es tu próximo movimiento, Harry?

Bosch vaciló, pero no mucho.

—Mi próximo movimiento es volver a subir a la casa y hablar otra vez con la señora Kent. Tengo unas preguntas de seguimiento. Luego iré a la torre sur del Cedars. La oficina de Kent está allí y he de hablar con su socio.

No hubo respuesta. Bosch estaba llegando al Denny's de Sunset. Se metió en el aparcamiento. A través de las ventanillas vio que el restaurante abierto las veinticuatro horas estaba casi desierto.

—¿Sigues ahí, Jack?

—Ah, sí, Harry, estoy aquí. Debería decirte que probablemente no será necesario que vuelvas a la casa y a la oficina de Kent.

Bosch negó con la cabeza. «Lo sabía», pensó.

—Ya habéis recogido a todos, ¿no?

—No fue decisión mía. La cuestión, por lo que he oído, es que la oficina estaba limpia y estamos interrogando aquí al socio de Kent ahora mismo. Trajimos a la señora Kent a modo de precaución. Todavía estamos hablando con ella.

—¿No fue decisión tuya? Entonces, ¿quién lo decidió? ¿Rachel?

—No voy a entrar en esto contigo, Harry.

Bosch paró el motor del coche y pensó en cómo responder.

—Bueno, entonces quizá mi compañero y yo deberíamos dirigirnos a Táctica —dijo finalmente—. Todavía es una investigación de homicidio. Y, por lo último que sé, yo todavía trabajo en ella.

Hubo una buena dosis de silencio antes de que Brenner respondiera.

—Mira, el caso está tomando una dimensión mayor. Habéis sido invitados a la reunión de evaluación tú y tu compañero. Y en ese momento te pondremos al día de lo que el señor Kelber ha dicho y de unas pocas cosas más. Si el señor Kelber sigue aquí con nosotros haré lo posible para que puedas hablar con él, así como con la señora Kent. Pero, para que quede claro, la prioridad aquí no es el homicidio; no es encontrar a quien mató a Stanley Kent. La prioridad es encontrar el cesio y ahora llevamos casi once horas de retraso.

Bosch asintió.

—Tengo la sensación de que si encontramos al asesino encontraremos el cesio —dijo.

—Podría ser así —respondió Brenner—, pero nuestra experiencia es que este material se mueve muy deprisa, de mano en

107

mano. Hace falta una investigación con mucha velocidad, y en ello estamos, ganando velocidad. No queremos reducir el ritmo.

—Por los palurdos locales.

—Ya sabes lo que quiero decir.

—Claro. Te veo a las diez, agente Brenner.

Bosch cerró su teléfono y empezó a bajar del coche. Cuando él y Ferras cruzaban el aparcamiento hacia las puertas del restaurante, su compañero lo asedió con preguntas.

—¿Por qué has mentido respecto al testigo, Harry? ¿Qué está pasando? ¿Qué vamos a hacer?

Bosch levantó las manos en un gesto para pedir calma.

—Espera, Ignacio. Sólo espera. Vamos a sentarnos y a pedir café y tal vez algo de comer, luego te contaré lo que está pasando.

Casi pudieron elegir el sitio. Bosch fue a un reservado en un rincón que les ofrecería una visión clara de la puerta delantera. La camarera se acercó rápidamente. Era una vieja sargentona con el cabello gris acerado recogido en un moño. Trabajar en el turno de noche en el Denny's de Hollywood le había vaciado la vida de los ojos.

—Harry, ha pasado mucho tiempo —dijo ella.

—Eh, Peggy. Supongo que ha pasado una temporada desde la última vez que tuve que trabajar en un caso de noche.

—Bueno, bienvenido. ¿Qué puedo poneros a ti y a tu mucho más joven compañero?

Bosch no hizo caso de la pulla. Pidió café, tostadas y huevos, no muy hechos. Ferras pidió una tortilla de clara de huevo y un *cappuccino*. Cuando la camarera le sonrió y le dijo que no servían ninguna de esas dos cosas, se decidió por huevos revueltos y un café normal. En cuanto la mujer los dejó solos, Bosch respondió a las preguntas de Ferras.

—Nos están cerrando el paso —dijo—. Eso es lo que está pasando.

—¿Estás seguro? ¿Cómo lo sabes?

—Porque ya se han llevado a la mujer de nuestra víctima y al socio, y puedo garantizarte que no van a dejarnos hablar con ellos.

—Harry, ¿han dicho eso? ¿Te han dicho que no podíamos hablar con ellos? Hay mucho en juego aquí, y creo que estás siendo un poco paranoico. Estás saltando a…

—¿Yo? Bueno, espera y verás, compañero. Observa y aprende.

—Todavía vamos a ir a la reunión de las nueve, ¿no?

—Supuestamente. Salvo que ahora es a las diez. Y probablemente será un número de feria sólo para nosotros. No nos van a decir nada; van a venirnos con zalamerías y nos van a apartar. «Muchas gracias, colegas, a partir de aquí nos ocuparemos nosotros.» Pues que se jodan. Esto es un homicidio y nadie, ni siquiera el FBI, me aparta de un caso.

—Ten un poco de fe, Harry.

—Tengo fe en mí mismo. Nada más. He estado en esta carretera antes y sé adónde va. Mira, por un lado, ¿qué más da? Dejémosles que se lleven el caso. Pero, por otro, a mí me importa. No puedo confiar en que lo hagan bien. Quieren el cesio, y yo quiero a los malnacidos que aterrorizaron a Stanley Kent durante dos horas y luego lo pusieron de rodillas y le pegaron dos tiros en la nuca.

—Es una cuestión de seguridad nacional, Harry. Esto es diferente. Hay un bien mayor en juego. Ya lo sabes, el bien común.

A Bosch le pareció que Ferras estaba citando un manual de academia o el código de algún tipo de sociedad secreta. No le importaba. Él tenía su propio código.

—El bien común empieza con ese tipo muerto en el mirador. Si nos olvidamos de él, entonces podemos olvidarnos de todo lo demás.

Ferras, nervioso por la discusión con su compañero, había cogido el salero y estaba jugueteando con él, salpicando sal en la mesa.

109

—Nadie se olvida, Harry. Se trata de prioridades. Estoy seguro de que cuando se traten las cosas durante la reunión compartirán cualquier información relacionada con el homicidio.

Bosch se sentía cada vez más frustrado. Estaba tratando de enseñar al chico y el chico no estaba escuchando.

—Deja que te cuente algo respecto a hablar con los federales —dijo—. Cuando se trata de compartir información, el FBI come como un elefante y caga como un ratón. A ver, ¿no lo pillas? No habrá reunión. La ponen ahí para atarnos en corto hasta las nueve y ahora hasta las diez, y para que pensemos que todavía somos parte del equipo. Nos presentaremos allí y lo retrasarán otra vez, y luego otra, hasta que finalmente saldrán con ese número de feria que se supone que ha de hacernos sentir partícipes cuando la realidad es que no formamos parte de nada y ellos lo sacan todo por la puerta de atrás.

Ferras asintió como si se estuviera tomando el consejo en serio, pero cuando habló lo hizo en otro sentido.

—Aun así, creo que no deberíamos haberles mentido respecto al testigo. Puede ser muy valioso para ellos. Algo de lo que nos contó podría encajar con algo que ya saben. ¿Qué hay de malo en decirles dónde está? Quizás ellos intenten algo que nosotros no hicimos, ¿quién sabe?

Bosch negó con la cabeza enfáticamente.

—Ni hablar. Todavía no. El testigo es nuestro y no lo entregamos. Lo cambiamos por acceso e información o nos lo quedamos.

La camarera les trajo los platos y miró la sal salpicada por la mesa, a Ferras y luego a Bosch.

—Ya sé que es joven, Harry, pero ¿no puedes enseñarle a comportarse?

—Lo estoy intentando, Peggy, pero esta gente joven no quiere aprender.

—Ni que lo digas.

La mujer se alejó de la mesa y Bosch inmediatamente atacó

su comida, sosteniendo un tenedor en una mano y una tostada en la otra. Estaba muerto de hambre y tenía la sensación de que se pondrían en marcha pronto. A saber cuándo dispondrían de otra oportunidad para comer.

Se había terminado la mitad de los huevos cuando vio a cuatro hombres con traje oscuro e inconfundible porte federal. Se dividieron en parejas y empezaron a recorrer el restaurante.

Había menos de una docena de clientes en el local, la mayoría *strippers* y sus novios macarras que volvían a casa después de salir de los clubes a las cuatro, moradores de la noche de Hollywood llenando el depósito antes de irse a dormir. Bosch continuó comiendo con calma y observó a los hombres de traje parándose delante de cada mesa, mostrando credenciales y pidiendo documentos de identidad. Ferras estaba demasiado ocupado derramando salsa caliente en los huevos para fijarse en lo que estaba ocurriendo. Bosch atrajo su atención e hizo un gesto hacia los agentes.

La mayoría de la gente de las mesas estaba demasiado cansada o borracha para hacer otra cosa que no fuera obedecer las exigencias e identificarse. Una chica joven con una Z afeitada en un lado de la cabeza empezó a darles charla a los agentes, pero era una mujer y ellos estaban buscando a un hombre. No le hicieron caso y esperaron a que su novio con la correspondiente Z mostrara un documento de identidad.

Finalmente, un par de agentes llegaron a la mesa de la esquina. Sus credenciales los identificaban como los agentes Ronald Lundy y John Parkyn. No hicieron caso de Bosch porque era demasiado mayor y pidieron la identificación a Ferras.

—¿Qué estáis buscando? —preguntó Bosch.

—Es asunto del gobierno, señor. Necesitamos comprobar algunas identificaciones.

Ferras abrió su cartera de placa. En un lado estaba su foto y el documento de identidad policial y en la otra su placa de detective. Eso pareció dejar de piedra a los dos agentes.

111

—Tiene gracia —dijo Bosch—. Si estáis buscando una identificación significa que tenéis un nombre, aunque no le di al agente Brenner el nombre del testigo. Me intriga. Los de Inteligencia Táctica no tendréis pinchado nuestro ordenador o micrófonos en nuestra sala de brigada, ¿no?

Lundy, el que obviamente estaba a cargo de la recogida de datos, miró de frente a Bosch. Tenía los ojos tan grises como la grava.

—¿Y usted es?

—¿Quieres ver mi identificación también? No había pasado por un chico de veinte años hace mucho tiempo, pero lo tomaré como un cumplido.

Sacó su placa y se la tendió a Lundy sin hablar. El agente la abrió y examinó el contenido muy de cerca. Se tomó su tiempo.

—Hieronymus Bosch —dijo, leyendo el nombre en la identificación—. ¿No había un pintor lunático que se llamaba así? ¿O me confundo con algún carroñero de los que he oído hablar en los turnos de noche?

Bosch le devolvió la sonrisa.

—Alguna gente considera al pintor un maestro del Renacimiento —dijo.

Lundy dejó caer la cartera en el plato de Bosch. No se había terminado los huevos todavía, pero por suerte las yemas estaban muy cocidas.

—No sé cuál es el juego aquí, Bosch. ¿Dónde está Jesse Mitford?

Bosch recogió la cartera y con ostentación la limpió con su servilleta. Se tomó su tiempo, apartó la cartera y luego volvió a mirar a Lundy.

—¿Quién es Jesse Mitford?

Lundy se inclinó y puso las dos manos en la mesa.

—Sabe muy bien quién es y hemos de llevárnoslo.

Bosch asintió con la cabeza, como si entendiera perfectamente la situación.

—Podemos hablar de Mitford y todo lo demás en la reunión de las diez. Justo después de que interrogue al socio y a la mujer de Kent.

Lundy sonrió de un modo carente de amistad o humor.

—¿Sabe una cosa, colega? Usted sí que va a necesitar un período de renacimiento después de que todo esto termine.

Bosch le sonrió.

—Te veo en la reunión, agente Lundy. Entre tanto, estamos comiendo. ¿Puedes molestar a otro?

Bosch cogió el cuchillo y empezó a esparcir mermelada de fresa de un envase de plástico en su última tostada.

Lundy se enderezó y señaló al pecho de Bosch.

—Será mejor que tenga cuidado, Bosch.

Dicho esto se volvió y se dirigió a la puerta. Hizo señas a la otra pareja de agentes para que salieran a la calle. Bosch los observó marchar.

—Gracias por el consejo —dijo.

11

*E*l sol todavía estaba bajo la línea que formaban las crestas de las colinas, pero el amanecer ya iluminaba el cielo. A la luz del día, el mirador de Mulholland no mostraba ningún signo de la violencia de la noche anterior. Incluso los restos que normalmente quedaban en una escena del crimen —guantes de goma, tazas de café y cinta amarilla— habían sido retirados o quizás arrastrados por el viento. Era casi como si nunca hubieran disparado a Stanley Kent, como si nunca hubieran dejado su cadáver en el promontorio con la vista aérea de la ciudad. Bosch había investigado centenares de homicidios a lo largo de sus años en el departamento de policía, y nunca se había acostumbrado a la rapidez con la cual la ciudad parecía reponerse —al menos externamente— y seguir adelante como si nunca hubiera ocurrido nada.

Pateó el suelo blando y naranja y observó los matorrales que había al fondo del precipicio. Tomó una decisión y se dirigió hacia el coche. Ferras lo observó marchar.

—¿Qué vas a hacer? —preguntó Ferras.

—Voy a la casa. Si vienes, sube al coche.

Ferras vaciló y luego trotó detrás de Bosch. Volvieron al Crown Vic y condujeron hacia Arrowhead Drive. Bosch sabía que los federales tenían a Alicia Kent, pero él todavía tenía el llavero del Porsche del marido.

El coche federal que habían localizado cuando habían pasado diez minutos antes permanecía estacionado delante de la casa de los Kent. Bosch aparcó en el sendero, bajó y se dirigió con paso firme a la puerta de entrada. No hizo caso del coche de la calle, ni siquiera cuando oyó que se abría la puerta. Consiguió encontrar la llave adecuada y meterla en la cerradura antes de oír una voz detrás.

—FBI. Quieto ahí.

Bosch puso la mano en el pomo.

—No abra esa puerta.

Bosch se volvió y miró al hombre que se acercaba por el sendero. Sabía que quienquiera que estuviera asignado a vigilar la casa sería el hombre más bajo en el tótem de Inteligencia Táctica, uno que la había cagado o un agente con un historial incómodo. Podía aprovecharse de eso.

—Homicidios Especiales del Departamento de Policía de Los Ángeles —dijo—. Vamos a terminar aquí.

—No —dijo el agente—. El FBI ha asumido la jurisdicción de esta investigación y se ocupa de todo.

—Lo siento, tío, no he recibido el memorando —dijo Bosch—. Si nos disculpas. —Se volvió hacia la puerta.

—No abras esa puerta —repitió el agente—. Ahora es una investigación de seguridad nacional. Puedes comprobarlo con tus superiores.

Bosch negó con la cabeza.

—Puede que tú tengas superiores. Yo tengo supervisores.

—Lo que sea. No vais a entrar en esa casa.

—Harry —dijo Ferras—, tal vez...

Bosch levantó una mano para cortarlo. Volvió a dirigirse al agente.

—Déjame ver una identificación —dijo.

El agente puso cara de exasperación y sacó sus credenciales. Abrió la cartera y las mostró. Bosch estaba preparado. Agarró al agente por la muñeca y pivotó. El cuerpo del agente se precipitó hacia delante y Bosch usó el antebrazo para empujarlo de cara a la puerta. Tiró de la mano del agente —que todavía sostenía sus credenciales— y se la colocó detrás de su espalda.

El agente empezó a debatirse y protestar, pero era demasiado tarde. Bosch apoyó el hombro en su espalda para mantenerlo inmovilizado contra la puerta y deslizó su mano libre bajo la chaqueta del hombre. Encontró y arrancó las esposas del cinturón del agente y empezó a esposarlo.

—Harry, ¿qué estás haciendo? —gritó Ferras.

—Te lo he dicho. Nadie nos va a cerrar el paso.

Una vez que tuvo al agente con las manos esposadas a su espalda, retrocedió y le arrebató las credenciales. Las abrió y miró el nombre: Clifford Maxwell. Bosch lo hizo girar y se guardó las credenciales en el bolsillo lateral de su chaqueta.

—Tu carrera ha terminado —dijo Maxwell con calma.

—Dímelo tú —dijo Bosch.

Maxwell miró a Ferras.

116 —Si sigues con esto, estás acabado tú también —dijo—. Será mejor que lo pienses.

—Calla, Cliff —dijo Bosch—. El único que va a estar acabado serás tú cuando vuelvas a Táctica y les cuentes cómo te redujeron dos de los palurdos locales.

Eso lo silenció. Bosch abrió la puerta de la calle y metió al agente en la casa. Lo empujó sin contemplaciones hacia un sillón de la sala de estar.

—Siéntate —dijo—. Y cierra el pico.

Se agachó y abrió la chaqueta de Maxwell para poder ver dónde llevaba el arma. Su pistola estaba en una cartuchera bajo el brazo; no conseguiría alcanzarla con las muñecas esposadas a la espalda. Bosch cacheó las piernas del agente para asegurarse de que no llevaba otra arma. Satisfecho, retrocedió.

—Ahora cálmate —dijo—. No tardaremos mucho.

Bosch miró por el pasillo, haciendo una señal a su compañero para que lo siguiera.

—Empieza en la oficina y yo empezaré en el dormitorio

—le instruyó—. No buscamos nada y lo buscamos todo; lo sabremos cuando lo veamos. Mira el ordenador. Quiero enterarme de cualquier cosa inusual.

—Harry.

Bosch se detuvo en el pasillo y miró a Ferras. Sabía que su joven compañero estaba cada vez más asustado. Le dejó hablar, aunque todavía se hallaban a una distancia desde la que Maxwell podía oírlos.

—No deberíamos hacerlo así —dijo Ferras.

—¿Cómo deberíamos hacerlo, Ignacio? ¿Crees que deberíamos seguir los canales? ¿Pedir a nuestro jefe que hable con su jefe, tomarnos un cortado y esperar permiso para hacer nuestro trabajo?

Ferras señaló por el pasillo hacia la sala de estar.

—Entiendo la necesidad de no perder velocidad —dijo—. Pero ¿crees que va a dejarlo estar? Va a pedir nuestras placas, Harry, y no me importa caer en acto de servicio, pero no por lo que acabamos de hacer.

Bosch admiró a Ferras por usar el plural, y eso le dio la paciencia para retroceder y poner una mano en el hombro de su compañero. Bajó la voz para que Maxwell no pudiera oírlo desde la sala de estar.

—Escúchame, Ignacio, no va a ocurrir nada por esto. Nada, ¿vale? Llevo más tiempo que tú en esto y sé cómo funciona el FBI. Joder, ¡mi ex mujer trabajaba en el FBI!, y sé mejor que nadie que la prioridad número uno de los federales es que no les saquen los colores. Es una filosofía que les enseñan en Quantico y cala en los huesos de todos los agentes en todas las oficinas de campo de cada ciudad. No saques los colores al FBI. Así que, cuando terminemos aquí y lo soltemos, este tipo no va a decir a nadie lo que hicimos, ni siquiera que estuvimos aquí. ¿Por qué te crees que está sentado en la casa? ¿Por qué es FBInteligente? Ni hablar. Está porque quedó en ridículo o hizo quedar en ridículo al FBI. Y no va a hacer ni decir nada que le cause más problemas.

117

Bosch hizo una pausa para permitir que Ferras respondiera. No lo hizo.

—Bueno, vamos a movernos con rapidez aquí y a registrar la casa —continuó Bosch—. Cuando estuve antes lo único importante era la viuda y tratar con ella; luego tuvimos que salir corriendo a Saint Aggy's. Quiero tomarme mi tiempo, pero ser rápido, ¿sabes qué quiero decir? Quiero ver este lugar a la luz del día y pulverizar un poco el caso. Así es como me gusta trabajar. Te sorprendería lo que encuentras a veces. Lo que has de recordar es que siempre hay una transferencia; esos dos asesinos dejaron su marca en algún lugar de esta casa y creo que a la brigada científica y a todos los demás se les ha pasado. Ha de haber una transferencia. Vamos a encontrarla.

Ferras asintió con la cabeza.

—Vale, Harry.

Bosch le dio una palmada en el hombro.

—Bien. Empezaré por el dormitorio. Registra la oficina.

Bosch recorrió el pasillo y estaba en el umbral del dormitorio cuando Ferras repitió su nombre. Bosch se volvió y se acercó hasta la oficina. Su compañero estaba de pie detrás del escritorio.

—¿Dónde estaba el ordenador? —preguntó Ferras.

Bosch negó con la cabeza en un gesto de frustración.

—Estaba en la mesa. Se lo han llevado.

—¿El FBI?

—¿Quién si no? No estaba en la lista de la brigada científica, sólo la alfombrilla del ratón. Busca en el escritorio. Mira a ver qué más puedes encontrar. No nos llevaremos nada, sólo miraremos.

Bosch volvió a recorrer el pasillo hacia el dormitorio principal. Parecía que no lo habían tocado desde la última vez que él lo había visto. Aún se percibía un ligero olor a orina en el colchón sucio.

Se acercó a la mesilla de noche del lado izquierdo de la cama. Vio polvo negro para detectar huellas en los pomos y los dos cajones, así como en las superficies planas. Encima de la mesa había una lámpara y una foto enmarcada de Stanley y Alicia Kent. Bosch cogió la foto y la estudió. La pareja posaba junto a un rosal en plena floración, como si estuvieran al lado de un hijo. Bosch tenía claro que el rosal era de Alicia y que en el patio de atrás encontrarían otros como ése. En una parte más alta de la ladera se alzaban las tres primeras letras del cartel de Hollywood, y Bosch se dio cuenta de que la foto probablemente se había tomado en el jardín trasero de la casa. Ya no habría más fotos como ésa de la feliz pareja.

Dejó la foto y abrió los cajones de la mesa uno por uno. Estaban llenos de objetos personales pertenecientes a Stanley; varias gafas de lectura, libros y frascos de medicamentos. El cajón inferior estaba vacío, y Bosch recordó que era el lugar donde Stanley guardaba su pistola.

Bosch cerró los cajones y fue a la esquina de la habitación, al otro lado de la mesa. Estaba buscando un nuevo ángulo, una visión fresca. Se dio cuenta de que necesitaba las fotos de la escena del crimen y se las había dejado en una carpeta en el coche.

Recorrió el pasillo hacia la puerta de entrada. Al llegar a la sala vio a Maxwell en el suelo, delante de la silla donde Bosch lo había dejado. Había logrado pasar las caderas entre las muñecas esposadas y tenía las rodillas dobladas arriba con las muñecas detrás de ellas. Levantó la mirada a Bosch con el rostro colorado y sudoroso.

—Estoy atascado —dijo Maxwell—. Ayúdame.

Bosch casi rio.

—En un minuto.

Salió a la calle y fue al coche, donde recogió las carpetas que contenían los informes y fotos de la escena del crimen. También se había dejado la copia de la foto de Alicia Kent enviada por correo electrónico.

Al volver a la casa y dirigirse por el pasillo hacia las habitaciones de atrás, Maxwell lo llamó.

—Vamos, ayúdame, tío.

Bosch no le hizo caso. Recorrió el pasillo y miró el despacho al pasar. Ferras estaba revisando los cajones del escritorio, apilando encima de la mesa las cosas que quería mirar.

En el dormitorio, Bosch sacó la foto que había recibido Kent por e-mail y puso las carpetas sobre la mesita. Sostuvo la foto para compararla con la habitación. Se acercó a la puerta del armario con lunas y la abrió en un ángulo que encajaba con el de la fotografía. Se fijó en el albornoz blanco que en la foto aparecía sobre un sillón en la esquina del dormitorio. Entró en el vestidor y buscó la prenda, que puso en la misma posición en el sillón.

Se situó en el lugar del dormitorio desde donde creía que se había tomado la foto del e-mail. Examinó la habitación, esperando que algo le llamara la atención. Se fijó en el reloj parado en la mesilla de noche y luego lo cotejó con la foto. El reloj estaba apagado allí también.

Bosch se acercó a la mesilla, se agachó y miró detrás de ésta. El reloj estaba desenchufado. Metió la mano y volvió a enchufarlo. En la pantalla digital empezó a destellar 12.00 en numerales rojos. El reloj funcionaba. Sólo había que ponerlo en marcha.

Bosch pensó en esto y supo que tenía otra pregunta para Alicia Kent. Supuso que los hombres que estaban en la casa habían desconectado el reloj. La cuestión era por qué. Quizá no querían que Alicia Kent supiera cuánto tiempo había pasado atada en la cama.

Bosch dejó de lado las preguntas y se acercó a la cama, donde abrió una de las carpetas y sacó las fotografías de la escena del crimen. Las estudió y se fijó en que la puerta del armario estaba abierta en un ángulo ligeramente diferente al de la foto del e-mail y que el albornoz no estaba, porque Alicia Kent se lo había puesto después de su rescate. Cruzó hacía el armario, colocó la puerta en el mismo ángulo en que estaba en la fotografía de la escena del crimen, retrocedió y examinó la habitación.

No surgió nada. La transferencia todavía lo eludía. Sentía una desazón en las entrañas, como si se le estuviera pasando algo. Algo que estaba allí mismo en la habitación con él.

El fracaso provoca presión. Bosch miró el reloj y vio que la reunión federal —si es que realmente se producía— iba a empezar dentro de menos de tres horas.

Salió del dormitorio y recorrió el pasillo hacia la cocina, deteniéndose en cada habitación y registrando los armarios y cajones, pero sin encontrar nada sospechoso o fuera de lugar. En el gimnasio, abrió una puerta de armario y lo encontró lleno de ropa de abrigo con olor a humedad en las perchas. Los Kent obviamente se habían trasladado a Los Ángeles desde climas más fríos, y como la mayoría de la gente que venía de otro lugar, se negaban a separarse de su ropa de invierno. Nadie estaba seguro de qué dosis de Los Ángeles sería capaz de soportar. Siempre era bueno estar preparado para salir corriendo.

Sin tocar nada del contenido del armario, cerró la puerta. Antes de salir de la habitación se fijó en una decoloración rectangular en la pared, junto a los ganchos donde colgaban las colchonetas de entrenamiento. Había ligeras marcas de cinta adhesiva que indicaban el lugar donde un póster o quizás un calendario grande había estado pegado a la pared.

Cuando llegó a la sala de estar, Maxwell todavía estaba en el suelo, con la cara colorada y sudando de tanto debatirse. Había logrado pasar una pierna a través del aro creado por sus muñecas esposadas, pero aparentemente no podía pasar la otra para colocar las manos delante. Estaba tendido en el suelo de baldosas con las muñecas atadas detrás de las piernas. A Bosch le recordó a un niño de cinco años sosteniéndose a sí mismo en un esfuerzo por mantener el control de la vejiga.

—Casi hemos terminado, agente Maxwell —dijo Bosch.

Maxwell no respondió.

En la cocina, Bosch salió por la puerta de atrás al patio y el jardín. Verlo a la luz del día cambió su perspectiva. El patio se

121

hallaba en una pendiente, y Bosch contó cuatro filas de rosales que subían por el terraplén. Algunos estaban en flor y otros no. Unos se sostenían en palos que llevaban etiquetas de identificación de diferentes variedades de plantas. Bosch subió por la colina y examinó unos pocos antes de volver a la casa.

De nuevo en la cocina, cerró la puerta de atrás a su espalda y abrió otra, que sabía que conducía a un garaje adjunto de dos plazas. Había una fila de armarios en la pared del fondo del garaje. Abrió uno a uno los armarios y examinó el contenido. Había sobre todo herramientas para el jardín y utensilios domésticos, así como muchos sacos de fertilizante y nutrientes de suelo para cultivar rosas.

Vio un cubo de basura con ruedas. Bosch lo abrió; tenía dentro una bolsa de plástico. La sacó, la abrió y vio que contenía lo que parecían residuos de cocina. Encima había unas toallas de papel arrugadas que estaban manchadas de violeta. Parecía que alguien había secado un líquido derramado. Sostuvo una de las toallas y olió en ella zumo de uva.

Después de volver a dejar la basura en el cubo, salió del garaje y se encontró con su compañero en la cocina.

—Está tratando de soltarse —dijo Ferras de Maxwell.

—Deja que lo intente. ¿Has terminado en la oficina?

—Casi. No sabía dónde estabas.

—Ve a terminar y nos largaremos.

Después de que Ferras se fuese, Bosch miró en los armarios de la cocina y en la despensa, y examinó todos los alimentos y artículos apilados en los estantes. A continuación, fue al cuarto de baño de invitados y observó el lugar donde se había recogido la ceniza de cigarrillo. En la cisterna de porcelana blanca había una decoloración marrón de una longitud que equivalía aproximadamente a la mitad de un cigarrillo.

Bosch miró con curiosidad la marca. Habían pasado siete años desde que dejó de fumar, pero no recordaba haber dejado nunca que un cigarrillo se consumiera así. Si lo hubiera terminado, lo habría arrojado al inodoro y habría tirado de la cadena. Estaba claro que ese cigarrillo se había olvidado.

Una vez que hubo concluido con la casa, Bosch volvió a la sala de estar y llamó a su compañero.

—Ignacio ¿estás preparado? Nos vamos.

Maxwell todavía estaba en el suelo, pero parecía cansado de su lucha y resignado a su apuro.

—Vamos, ¡maldita sea! —gritó finalmente—. ¡Quítame las esposas!

Bosch se acercó.

—¿Dónde está tu llave? —preguntó.

—Bolsillo izquierdo de la chaqueta.

Bosch se agachó y metió la mano en el bolsillo de la chaqueta del agente. Sacó un juego de llaves y las manipuló hasta que encontró la de las esposas. Agarró la cadena entre las dos argollas y estiró hacia arriba para poder meter la llave. No lo hizo con suavidad.

123

—Ahora sé bueno si te suelto —dijo.

—¿Bueno? Te voy a partir el culo.

Bosch soltó la cadena y las muñecas de Maxwell cayeron al suelo.

—¿Qué estás haciendo? —gritó Maxwell—. ¡Suéltame!

—Un consejo, Cliff. La próxima vez que amenaces con partirme el culo, deberías esperar a que te suelte. —Se incorporó y lanzó las llaves al suelo en el otro lado de la sala—. Tú mismo.

Bosch se volvió y se dirigió hacia la puerta de la calle. Ferras ya estaba saliendo.

Al cerrar, Bosch miró a Maxwell estirado en el suelo. El rostro del agente estaba colorado como un tomate al proferir una última amenaza.

—Esto no va a quedar así, cabrón.

—Entendido.

Bosch cerró la puerta. Cuando llegó al coche miró por encima del techo a su compañero. Ferras parecía tan mortificado como algunos de los sospechosos que había llevado en el asiento trasero.

—Anímate —dijo Bosch.

Al entrar en el Crown Vic, tuvo una visión del agente del FBI arrastrándose sobre su bonito traje por el suelo de la sala de estar hacia las llaves. Sonrió.

12

$\mathcal{F}$erras permaneció en silencio en el camino de regreso por la colina hacia la autovía. Bosch sabía que estaría pensando en el peligro en que había quedado su joven y prometedora carrera por las acciones de su viejo e imprudente compañero. Trató de sacarlo de su ensimismamiento.

—Bueno, ha sido un descalabro —dijo—. Nada de nada. ¿Has encontrado algo en la oficina?

—No mucho. Ya te lo he enseñado, el ordenador no estaba.

Había un tono huraño en su voz.

—¿Y en el escritorio? —preguntó Bosch.

—Estaba casi vacío. Un cajón tenía facturas y cosas así. Otro, una copia de un fideicomiso: su casa, una propiedad de inversión en Laguna, pólizas de seguro; todo ese tipo de cosas las tenía en fideicomiso. Sus pasaportes también estaban en el escritorio.

—Entendido. ¿Cuánto ganó el tipo el año pasado?

—Un cuarto de millón limpio. También es propietario del cincuenta por ciento de la compañía.

—¿Su mujer gana algo?

—No hay ingresos. No trabaja.

Bosch se fue quedando en silencio al calibrar la información. Al bajar la montaña decidió no entrar en la autovía, sino enfilar por Cahuenga Boulevard hasta Franklin y girar al este. Ferras estaba mirando por la ventanilla del lado del pasajero, pero rápidamente se fijó en el desvío.

—¿Qué está pasando? Pensaba que íbamos al centro.

—Vamos antes a Los Feliz.

—¿Qué hay en Los Feliz?

—El Donut Hole de Vermont.

—Hemos comido hace una hora.

Bosch miró su reloj. Eran casi las ocho y esperaba que no fuera demasiado tarde.

—No voy por los donuts.

Ferras maldijo y negó con la cabeza.

—¿Vas a hablar con el jefe? —preguntó—. ¿Estás de broma?

—A no ser que ya se me haya escapado. Si te molesta, puedes quedarte en el coche.

—¿Sabes que te estás saltando unos cinco eslabones de la cadena de mando? El teniente Gandle nos cortará el cuello por esto.

—A mí. Tú quédate en el coche. Será como si ni siquiera estuvieras allí.

—Salvo que uno es culpable de todo lo que haga su compañero, lo sabes. Sabes cómo funciona. Por eso los llaman «compañeros», Harry.

—Ya me ocuparé de eso, ahora no hay tiempo de ir por los canales adecuados. El jefe ha de saber lo que está pasando y yo se lo voy a contar. Probablemente terminará dándonos las gracias por la advertencia.

—El teniente Gandle no nos dará las gracias.

—Entonces también hablaré con él.

Los compañeros circularon en silencio el resto del trayecto.

El Departamento de Policía de Los Ángeles era una de las burocracias más cerradas del mundo. Había sobrevivido durante más de un siglo sin apenas buscar ideas, respuestas o líderes externos. Unos años antes, el ayuntamiento decidió que varios lustros de escándalo e inquietud comunitaria requerían liderazgo de alguien de fuera del departamento. Por segunda vez en la larga historia de la institución, la posición del jefe de policía no fue cubierta por alguien que ascendiese de entre sus filas. En consecuencia, el hombre que había sido elegido para dirigir el cotarro era examinado con tremenda curiosidad, por no decir escepticismo. Sus movimientos y hábitos estaban documentados, y todos los datos se vertían en un canal informal que conectaba a los diez mil agentes del departamento como los vasos sanguíneos en un puño cerrado. La información se pasaba en las reuniones de turno y en los vestuarios, en mensajes de texto entre ordenadores de coches patrulla, en e-mails y llamadas de teléfono, en bares de polis y barbacoas de patio trasero. Esto se traducía en que los agentes de calle de la zona sur de Los Ángeles sabían a qué preestreno de Hollywood había asistido el nuevo jefe la noche anterior; los agentes de antivicio del valle de San Fernando sabían adónde llevaba los trajes a planchar y el grupo de bandas de Venice conocía en qué supermercado le gustaba comprar a su mujer.

127

También significaba que el detective Harry Bosch y su compañero Ignacio Ferras sabían dónde paraba el jefe para tomarse el café y los donuts cada día de camino al Parker Center.

A las ocho de la mañana, Bosch metió el coche en el aparcamiento del Donut Hole, pero no vio rastro del coche sin identificar del jefe. El local era un establecimiento situado en los llanos que se extendían bajo los barrios de la colina de Los Feliz. Bosch paró el motor y miró a su compañero.

—¿Te quedas?

Ferras estaba mirando por el parabrisas. Asintió sin mirar a Bosch.

—Tú mismo —dijo Bosch.

—Escucha, Harry, no te molestes, pero esto no funciona. Tú no quieres un compañero: tú quieres un recadero, alguien que no cuestione nada de lo que haces. Creo que voy a hablar con el teniente para que me ponga con otro.

Bosch lo miró y ordenó sus ideas.

—Ignacio, éste es nuestro primer caso juntos. ¿No crees que deberías esperar un poco? Eso es lo único que te va a decir Gandle. Va a decirte que no querrás empezar en Robos y Homicidios con la reputación de ser un tipo que huye de su compañero.

—Yo no huyo. Es sólo que no funciona bien.

—Ignacio, estás cometiendo un error.

—No. Creo que sería lo mejor. Para los dos.

Bosch lo miró unos segundos antes de volverse hacia la puerta.

—Como he dicho, tú mismo.

Bosch salió y se dirigió hacia la cafetería. Estaba decepcionado por la reacción y las decisiones de Ferras, pero sabía que debería darle un poco de margen. El tipo iba a ser padre y tenía que ir con pies de plomo. Bosch no era alguien que fuera a jugar seguro nunca, y eso le había costado perder a más de un compañero en el pasado. Intentaría hacer cambiar de opinión al joven una vez que el caso estuviera resuelto.

Dentro de la cafetería, Bosch esperó en la fila detrás de dos personas y luego pidió un café a un asiático que estaba detrás del mostrador.

—¿No quiere un donut?

—No, sólo el café.

—¿*Cappuccino*?

—No, café solo.

Decepcionado por la escasa venta, el hombre se acercó a una cafetera y llenó una taza. Cuando volvió, Bosch ya había sacado la placa.

—¿Ya ha venido el jefe?

El hombre vaciló. No sabía nada de los canales de información y no sabía si debía responder. Sabía que podía perder a un cliente de perfil alto si hablaba cuando no debía.

—No pasa nada —dijo Bosch—. Se supone que he de reunirme con él aquí. Llego tarde.

Bosch trató de sonreír como si estuviera en apuros. No le salió bien y se detuvo.

—Todavía no ha pasado —dijo el hombre del mostrador.

Aliviado por el hecho de que el jefe no se le hubiera escapado, Bosch pagó el café y metió el cambio en el bote de las propinas. Fue a sentarse a una mesa vacía de la esquina. A esa hora de la mañana los clientes entraban básicamente para llevarse cafés, eran gente que cargaba combustible de camino al trabajo. Durante diez minutos, Bosch observó una sección en corte transversal de la cultura de la ciudad acercándose al mostrador, todos unidos por su adicción a la cafeína y el azúcar.

Finalmente, vio que aparcaba el Town Car negro, con el jefe en el asiento del pasajero. Bajaron tanto él como el chófer. Ambos examinaron el entorno y se dirigieron hacia la tienda de donuts. Bosch sabía que el chófer era un agente que también actuaba de guardaespaldas.

No había cola en el mostrador cuando se acercaron.

—Hola, jefe —dijo el hombre del mostrador.

—Buenos días, señor Ming, lo de siempre —respondió el jefe del departamento de policía.

Bosch se levantó y se acercó. El guardaespaldas que estaba de pie al lado del jefe se volvió y se puso alerta. Bosch se detuvo.

—Jefe, ¿puedo invitarle a un café? —preguntó Bosch.

El jefe se volvió y echó una segunda mirada al reconocer a Bosch y darse cuenta de que no era un ciudadano que quería quedar bien. Bosch vio que el jefe torcía el gesto un momento —todavía estaba lidiando con las secuelas del caso de Echo Park—, pero la expresión rápidamente se tornó impasible.

—Detective Bosch —dijo—. No está aquí para darme una mala noticia, ¿verdad?

—Más bien un adelanto, señor.

El jefe se volvió para coger una taza de café y una bolsita.

—Siéntese —dijo—. Tengo unos cinco minutos y me pagaré mi propio café.

Bosch volvió a su mesa mientras el jefe pagaba su desayuno. Se sentó y esperó a que se llevara su bandeja a otro mostrador y pusiera nata y edulcorante en el café. Bosch consideraba que el jefe había sido bueno para el departamento; había dado unos cuantos pasos en falso en cuestiones políticas y había tomado algunas decisiones discutibles en las designaciones del equipo de mando, pero era en gran medida responsable de subir la moral de la tropa.

No había sido una tarea sencilla. El jefe había heredado un departamento que operaba bajo un acuerdo federal al que se había visto sometido tras el grave caso de corrupción en la División de Rampart, investigado por el FBI, y una legión de otros escándalos. Todos los aspectos de la operación y actuación estaban sujetos a revisión y evaluación de conformidad por supervisores federales. El resultado era que el departamento no sólo estaba obedeciendo a los federales, sino que estaba inundado de burocracia federal. Y como ya estaba reducido en tamaño, a veces resultaba difícil encontrar un sitio donde se llevara a cabo cualquier tarea policial. Aun así, bajo las órdenes del nuevo jefe, la tropa se había conjurado para hacer el trabajo. Las estadísticas de delitos estaban descendiendo, lo cual para Bosch constituía una posibilidad razonable de que los delitos reales también estuvieran disminuyendo; sospechaba de todas las estadísticas.

No obstante, dejando todo esto de lado, a Bosch le gustaba el jefe por una razón más concreta: dos años antes le había devuelto su placa. Bosch se había retirado al ámbito privado, pero no tardó mucho en darse cuenta de que había cometido un error. Y cuando lo hizo, el nuevo jefe le abrió la puerta. Se había ganado la lealtad de Bosch, y era una razón para forzar la reunión en la tienda de donuts.

El jefe se sentó frente a él.

—Tiene suerte, detective. La mayor parte de los días ya me habría marchado de aquí hace una hora, pero trabajé hasta tarde anoche. Estuve en tres reuniones de control de la delincuencia con grupos de vecinos en tres zonas de la ciudad.

En lugar de abrir la bolsa y meter la mano, el jefe la rasgó por la mitad para poder extenderla y comerse sus dos donuts. Tenía uno de azúcar y otro con cobertura de chocolate.

—Éste es el asesino más peligroso de la ciudad —dijo al levantar el donut de chocolate y darle un mordisco.

—Probablemente tiene razón, jefe.

Bosch sonrió con incomodidad y trató de encontrar algo con lo que romper el hielo. Su antigua compañera Kiz Rider acababa de volver al trabajo después de recuperarse de unas heridas de bala. Rider pasó de Robos y Homicidios a la oficina del jefe, donde ya había trabajado antes.

—¿Cómo está mi antigua compañera, jefe?

—¿Kiz? Kiz está bien. Hace un buen trabajo para mí, y creo que está en el lugar adecuado.

Bosch asintió.

—Y usted ¿está en el lugar adecuado, detective?

131

Bosch miró al jefe, suponiendo que ésa era una pregunta cargada de intención. El jefe ya podría estar cuestionándolo por saltarse la cadena de mando. Antes de que pudiera pensar una respuesta, el jefe le formuló otra pregunta.

—¿Está aquí por el caso de Mulholland?

Bosch asintió. Supuso que la noticia habría subido desde el teniente Gandle y el jefe habría sido informado con detalle del caso.

—Entreno una hora cada mañana sólo para poder comerme esto —dijo el jefe—. Me envían por fax los informes del turno de noche y los leo en la bicicleta estática. Sé que le tocó el caso del mirador y que es de interés federal. El capitán Hadley también me llamó esta mañana. Dijo que hay una hipótesis de terrorismo.

A Bosch le sorprendió enterarse de que el capitán Done Badly y la OSN también estuvieran implicados.

—¿Qué está haciendo el capitán Hadley? —preguntó.

—Lo normal. Comprobar nuestra propia información secreta, tratando de abrir líneas con los federales.

Bosch asintió.

—Así pues, ¿qué quiere decirme, detective? ¿Por qué ha venido aquí?

Bosch le expuso más ampliamente el caso, haciendo hincapié en la implicación federal y en lo que parecía un intento de dejar al departamento al margen de la investigación. Bosch reconoció que el cesio desaparecido era una prioridad y causa legítima del desembarco federal, pero aseguró que todavía se trataba de un caso de homicidio y que eso le otorgaba un papel al departamento. Relacionó las pruebas que había recogido y expuso algunas de las teorías que se habían considerado.

El jefe se terminó los dos donuts antes de que Bosch concluyera. Se limpió la boca con una servilleta y miró el reloj antes de responder. Habían pasado más de los cinco minutos que le había ofrecido inicialmente.

—¿Qué es lo que no me está contando? —preguntó.

Bosch se encogió de hombros.

—No mucho. Acabo de tener un roce con un agente en la casa de la víctima, pero no creo que surja nada de eso.

—¿Por qué no está aquí su compañero? ¿Por qué está esperando en el coche?

Bosch lo entendió. El jefe había visto a Ferras al examinar el aparcamiento al llegar.

—Tenemos un pequeño desacuerdo respecto a cómo proceder. Es un buen chico, pero quiere ceder con demasiada facilidad ante los federales.

—Y desde luego no es eso lo que hacemos en el departamento.

—En mi época no, jefe.

—¿Su compañero considera apropiado saltarse la cadena de mando del departamento al acudir directamente a mí con esto?

Bosch bajó la mirada a la mesa. Lo voz del jefe tenía un tono severo.

—De hecho no estaba cómodo con eso, jefe —dijo Bosch—. No fue idea suya, sino mía. Simplemente no creía que hubiera tiempo suficiente para...

—No importa lo que usted pensara. Se trata de lo que ha hecho. Yo en su caso no hablaría de esta reunión y yo tampoco lo haré. No vuelva a hacer esto, detective. ¿Está claro?

—Sí, señor. Muy claro.

El jefe miró al aparador de cristal en el que guardaban las bandejas de donuts.

—Y, por cierto, ¿cómo sabía que estaría aquí? —preguntó.

Bosch se encogió de hombros.

—No lo recuerdo. Sólo sé que lo sabía.

Entonces se dio cuenta de que el jefe podría estar pensando que la fuente de Bosch podría ser su antigua compañera.

—No ha sido Kiz, si es lo que está pensando, jefe —dijo rápidamente—. Es sólo algo que se sabe; corre la voz por el departamento.

El jefe de policía asintió.

—Lástima —dijo—. Me gustaba este sitio. Bien situado, buenos donuts y el señor Ming que me cuida. Una pena.

Bosch se dio cuenta de que el jefe tendría que cambiar ahora su rutina. No le convenía que se supiera dónde y cuándo podían encontrarlo.

—Lo siento, señor —dijo Bosch—. Pero si me permite una recomendación, hay un sitio en el Farmer's Market llamado Bob's Donuts. Está un poco a contramano, pero merece la pena por el café y los dulces.

El jefe asintió reflexivamente.

—Lo tendré en cuenta. Ahora dígame, ¿qué es lo que quiere de mí, detective Bosch?

Bosch hizo un gesto de asentimiento. Hora de ponerse en faena.

—He de investigar el caso hasta donde me lleve, y para hacerlo necesito acceso a Alicia Kent y al socio de su marido, un tipo llamado Kelber. Los federales los tienen a los dos y creo que mi ventana de acceso se cerró hace cinco horas.

Después de una pausa, Bosch fue al meollo de la reunión improvisada.

—Por eso estoy aquí, jefe. Necesito acceso. Supongo que puede conseguírmelo.

El jefe asintió con la cabeza.

—Además de mi posición en el departamento, formo parte del operativo antiterrorista. Puedo hacer algunas llamadas, armar un buen lío y probablemente abrir la ventana. Como he dicho antes, ya tenemos a la unidad del capitán Hadley en esto y quizás él pueda abrir los canales de comunicación. Nos han marginado de estas cosas en el pasado, y puedo montar follón al respecto, llamar al director.

134 Bosch asintió. Todo parecía indicar que el jefe iba a jugar en su equipo.

—Pero ¿sabe qué es el reflujo, detective?

—¿Reflujo?

—Es una afección en la cual toda la bilis te vuelve a la garganta. Arde, detective.

—Ah.

—Lo que le estoy diciendo es que si tomo estas medidas y le consigo esta ventana de oportunidad, no quiero ningún reflujo. ¿Me entiende?

—Entiendo.

El jefe se limpió la boca otra vez y puso la servilleta en la bolsa rasgada. La arrugó en una bola, con cuidado de no derramar azúcar glas en su traje negro.

—Haré las llamadas, pero va a ser complicado. No ve aquí el aspecto político, ¿eh, Bosch?

Bosch lo miró.

—¿Señor?

—El panorama general, detective. Lo ve como una investigación de homicidio, cuando realmente hay mucho más que eso. Ha de entender que al gobierno federal le viene de perlas que este asunto del mirador forme parte de una trama de terrorismo. Una amenaza nacional *bona fide* iría muy bien para desviar la atención pública y facilitar la presión en otras áreas. La guerra se ha ido al cuerno, las elecciones fueron un desastre. Está lo de Oriente Próximo, el precio de la gasolina por las nubes y los índices de aprobación del presidente por los suelos. La lista sigue y sigue, y aquí habría una oportunidad de redención; una ocasión para enmendar errores del pasado, de cambiar la opinión y la atención de la población.

Bosch asintió.

—¿Está diciendo que podrían intentar mantener esto en marcha, incluso exagerar la amenaza?

—No estoy diciendo nada, detective. Sólo estoy tratando de ampliar su perspectiva. En un caso como éste, hay que ser consciente del paisaje político. No puede entrar como un elefante en una cristalería, lo cual en el pasado fue su especialidad.

Bosch asintió.

—No sólo eso, también ha de considerar la política local —continuó el jefe—. Hay un hombre en el ayuntamiento que está al acecho de todos mis pasos.

El jefe se refería a Irvin Irving, largo tiempo subdirector del departamento cuya salida había forzado. Se había presentado con éxito a una concejalía y ahora era el crítico más severo del departamento y el jefe.

—¿Irving? —dijo Bosch—. Sólo tiene un voto en el ayuntamiento.

—Sabe muchos secretos, y eso le ha permitido empezar a construir una base política. Me envió un mensaje después de su elección con sólo una palabra: «Espéreme». No convierta esto en algo que pueda usar, detective.

El jefe se levantó, preparado para irse.

135

—Piense en esto y sea cuidadoso —dijo—. Recuerde, ningún reflujo. Sin retrocesos.

—Sí, señor.

El jefe se volvió e hizo una señal a su chófer. El hombre fue a la puerta y la sostuvo para su superior.

13

Bosch no habló hasta que salieron del aparcamiento. Decidió que a esa hora del día la autovía de Hollywood estaría desbordada por la gente que entraba a trabajar y que se circularía mejor por las calles de superficie. Creía que Sunset sería la vía más rápida al centro.

Ferras sólo tardó dos manzanas en preguntar qué había ocurrido en la cafetería.

—No te preocupes, Ignacio. Todavía tenemos el empleo.

—Entonces, ¿qué ha pasado?

—Dijo que tenías razón. No debería haberme saltado la cadena de mando, pero también ha dicho que haría unas llamadas y trataría de allanar el terreno con los federales.

—Supongo que ya veremos, pues.

—Sí, ya veremos.

Circularon en silencio durante un rato hasta que Bosch sacó a relucir el plan de su compañero de solicitar una nueva pareja.

—¿Vas a hablar con el teniente?

Ferras hizo una pausa antes de responder. Se sentía incómodo con la pregunta.

—No lo sé, Harry. Pienso que sería lo mejor; lo mejor para los dos. Quizá trabajas mejor con mujeres.

Bosch casi rio. Ferras no conocía a Kiz Rider, su última compañera. Ella nunca estuvo de acuerdo en estar de acuerdo con Harry. Como Ferras, protestaba cada vez que Bosch se ponía en plan perro alfa con ella. Estaba a punto de aclarárselo a Ferras cuando su teléfono móvil empezó a sonar. Era el teniente Gandle.

—Harry, ¿dónde estás?

Su voz era más alta y más urgente de lo normal. Estaba nervioso por algo, y Bosch se preguntó si ya se habría enterado de la reunión en el Donut Hole. ¿Lo había traicionado el jefe?

—Estoy en Sunset. Vamos para allá.

—¿Ya habéis pasado por Silver Lake?

—Todavía no.

—Bien. Dirigíos a Silver Lake. Id al centro recreativo, al pie del embalse.

—¿Qué pasa, teniente?

—Han encontrado el coche robado de Kent. Hadley y su gente ya están allí preparando el puesto de mando. Han requerido a los agentes del caso en la escena.

—¿Hadley? ¿Por qué está ahí? ¿Por qué hay allí un puesto de mando?

—La oficina de Hadley ha recibido el chivatazo y lo ha comprobado antes de decidir darnos la pista. El coche está aparcado delante de una casa que pertenece a una persona de interés. Os quiere en la escena.

—¿Persona de interés? ¿Qué significa eso?

—La casa es la residencia de una persona en la cual la OSN está interesada; una especie de sospechoso de simpatizar con el terrorismo. No tengo todos los detalles. Ve allí, Harry.

—Muy bien. Estoy en camino.

—Llámame y cuéntame qué está ocurriendo. Si me necesitas allí avisa.

Por supuesto, Gandle no quería realmente salir de la oficina para ir a la escena. Eso lo retrasaría en sus obligaciones de control y burocracia. Bosch cerró el teléfono y trató de aumentar la velocidad, pero el tráfico era demasiado denso. Informó a Ferras de lo poco que había averiguado mediante la llamada telefónica.

—¿Y el FBI? —inquirió Ferras.

—¿Qué pasa con ellos?

—¿Lo saben?

—No lo he preguntado.

—¿Y la reunión de las diez?

—Supongo que nos preocuparemos por eso a las diez.

Llegaron a Silver Lake Boulevard en cinco minutos y Bosch giró al norte. Esa parte de la ciudad tomaba su nombre del embalse de Silver Lake que se hallaba en medio de ese barrio de clase media de bungalós y casas construidas después de la Segunda Guerra Mundial con vistas al lago artificial.

Al acercarse al centro recreativo, Bosch vio dos todoterrenos negros que reconoció como los vehículos característicos de la OSN. Nunca había problema para conseguir financiación para una unidad que supuestamente perseguía a terroristas. Había asimismo dos coches patrulla y un camión municipal de recogida de basura. Bosch aparcó detrás de uno de los coches patrulla, y Ferras y él bajaron del coche.

Había un grupo de diez hombres con ropa de faena negra —también característica de la OSN— reunidos en torno a la puerta trasera plegable de uno de los todoterrenos. Bosch se acercó a ellos, con Ferras siguiéndolo a un par de pasos. Su presencia fue percibida inmediatamente y los congregados se separaron para allanar el camino hacia el capitán Don Hadley, sentado en la puerta. Bosch no lo conocía en persona, pero lo había visto con suficiente frecuencia en televisión. Era un hombre grande, con el pelo castaño. Tenía unos cuarenta años y parecía que se había pasado la mitad de ellos entrenando en el gimnasio. Su tez rubicunda le daba la apariencia de alguien exhausto o que estaba conteniendo el aliento.

—¿Bosch? —preguntó Hadley—. ¿Ferras?

—Soy Bosch. Él es Ferras.

—Colegas, me alegro de tenerles aquí. Creo que vamos a cerrar el caso y se lo vamos a entregar con un lazo en breve. Sólo

139

estamos esperando a que uno de mis chicos traiga la orden para proceder.

Se levantó y señaló a uno de sus hombres. Hadley tenía un inequívoco aire de seguridad.

—Pérez, confirma esa orden, haz el favor. Estoy cansado de esperar. Luego comprueba el PO y ve a ver qué está ocurriendo allí. —Volviéndose hacia Bosch y Ferras añadió—: Vengan conmigo.

Hadley se apartó del grupo, seguido de Bosch y Ferras. El capitán los condujo a la parte de atrás del camión de basura para poder departir con ellos lejos del grupo. Hadley adoptó una pose de mando, colocando el pie en la parte de atrás del camión y apoyando el codo en la rodilla. Bosch se fijó en que llevaba un arma en una cartuchera fijada con una correa en torno a su grueso muslo derecho, como un pistolero del antiguo oeste, salvo que llevaba una semiautomática. Estaba mascando chicle sin tratar de ocultarlo.

Bosch había oído muchas historias sobre Hadley. Ahora tenía la sensación de que iba a convertirse en parte de una de ellas.

—Quería que estuvieran aquí para esto —dijo Hadley.

—¿Qué es esto exactamente, capitán? —repuso Bosch.

Hadley juntó las manos antes de hablar.

—Hemos localizado el Chrysler 300 aproximadamente a dos manzanas y media de aquí, en una calle que bordea el estanque. Las placas de matrícula coincidían con la orden y yo mismo examiné el vehículo. Es el coche que hemos estado buscando.

Bosch asintió con la cabeza. Esa parte estaba bien, pensó. ¿Y el resto?

—El vehículo está aparcado delante de una casa propiedad de un hombre llamado Ramin Samir —continuó Hadley—. Es un tipo al que le echamos el ojo hace unos años. Una persona de auténtico interés para nosotros, podría decir.

El nombre le sonaba familiar a Bosch, pero al principio no logró situarlo.

—¿Por qué es de interés, capitán? —preguntó.

—El señor Samir es un conocido defensor de ciertas organizaciones religiosas que quieren herir a los americanos y dañar nuestros intereses. Y lo que es peor, enseña a nuestra juventud a odiar a su propio país.

La última parte le disparó el recuerdo y Bosch logró atar cabos.

No podía recordar de qué país de Oriente Próximo era, pero Bosch recordaba que Ramin Samir había sido profesor visitante de política internacional en la Universidad del Sur de California y se había echado fama por defender opiniones antiestadounidenses en las aulas y en los medios.

Causaba olas en los medios antes de los atentados del 11-S, pero después de eso se convirtieron en un tsunami. Postulaba abiertamente que los atentados estaban justificados por la intrusión y agresión de Estados Unidos en todo el planeta. Consiguió aprovechar la atención que esto le atrajo para convertirse en personaje objetivo de los medios cada vez que éstos necesitaban una cita o un fragmento de audio antiamericano. Denigraba la política de Estados Unidos hacia Israel, se oponía a la acción militar en Afganistán y calificaba la guerra en Irak de una mera expoliación de petróleo.

El papel de Samir como agitador le valió unas pocas apariciones como invitado en programas de debate de noticias de las televisiones por cable, donde todos se gritaban unos a otros. Era el complemento ideal tanto para la derecha como para la izquierda, y siempre estaba dispuesto a levantarse a las cuatro de la mañana para salir en los programas matinales del domingo en el este.

Entre tanto, usó su escaparate y celebridad para ayudar a fundar, dentro y fuera de la universidad, diversas organizaciones que rápidamente fueron acusadas por grupos conservado-

141

res y por medios de comunicación de estar relacionadas, al menos tangencialmente, con organizaciones terroristas y el yihadismo antiamericano. Algunos incluso insinuaban que tenía vínculos con el gran maestre del terror, Ossama bin Laden. Había sido investigado en diversas ocasiones, pero Samir no había sido acusado de ningún delito. No obstante, fue expulsado de la Universidad del Sur de California por un tecnicismo: no había afirmado que sus opiniones eran a título personal y no de su cátedra cuando escribió un artículo de opinión para *Los Angeles Times* que sugería que la guerra de Irak era un genocidio de musulmanes planeado por Washington.

A Samir se le acabaron los quince minutos de fama. Finalmente fue excluido de los medios, que lo calificaron de provocador narcisista que hacía declaraciones descabelladas para atraer la atención más que comentar reflexivamente las cuestiones del día. Al fin y al cabo, incluso había llamado a una de sus organizaciones YMCA —Young Muslim Cause in America—, sólo para que la organización juvenil cristiana largamente establecida y conocida internacionalmente con las mismas siglas presentara una demanda que atrajera atención.

La estrella de Samir declinó y él desapareció de los medios; Bosch no recordaba cuándo fue la última vez que lo había visto en la tele o en el periódico. Pero dejando de lado la retórica, el hecho de que Samir nunca fuera acusado de un delito en un período en que el clima en Estados Unidos estaba caldeado por el miedo a lo desconocido y el deseo de venganza, siempre había indicado a Bosch que no había causa. Si hubiera habido fuego detrás del humo, Samir estaría en una celda de prisión o tras un muro en la bahía de Guantánamo. Pero ahí estaba, viviendo en Silver Lake, y Bosch era escéptico con las afirmaciones de Hadley.

—Recuerdo a este tipo —dijo—. Era sólo un charlatán, capitán. Nunca hubo ningún vínculo sólido entre Samir y...

Hadley levantó un dedo como un profesor que pide silencio.

142

—Nunca se estableció un vínculo sólido —le corrigió—, pero eso no significa nada. Este tipo recauda dinero para la Yihad Palestina y para otras causas musulmanas.

—¿La Yihad Palestina? —preguntó Bosch—. ¿Qué es eso? ¿Y qué causas musulmanas? ¿Está diciendo que las causas musulmanas no pueden ser legítimas?

—Mire, lo único que estoy diciendo es que éste es un mal tipo y tiene un coche que se ha usado para un homicidio y un robo de secio delante de su casa.

—Cesio —dijo Bosch—. Era cesio lo que robaron.

Hadley, que no estaba acostumbrado a ser corregido, entrecerró los ojos y miró a Bosch durante un momento antes de hablar.

—Lo que sea. No va a cambiar nada cómo se llame si lo tira en el embalse del otro lado de la calle o está en esa casa preparando una bomba mientras nosotros esperamos una orden.

—El FBI no mencionó que pudiese ser una amenaza en el agua —dijo Bosch.

Hadley negó con la cabeza.

—No importa. El resumen es que es una amenaza. Estoy seguro de que el FBI dijo eso. Bueno, el FBI puede hablar de lo que quiera, nosotros vamos a hacer algo al respecto.

Bosch retrocedió, como si tratara de llevar un poco de aire fresco a la discusión. La situación estaba cambiando demasiado deprisa.

—Entonces, ¿van a entrar? —preguntó.

Hadley movía la mandíbula con fuerza, masticando ostentosamente el chicle. Parecía no notar el fuerte olor a basura que emanaba de la parte posterior del camión.

—Y tanto que vamos a entrar —dijo—. En cuanto llegue la orden.

—¿Ha conseguido una orden firmada por un juez sobre la base de un coche robado aparcado delante de la casa? —preguntó Bosch.

Hadley señaló a uno de sus hombres.

—Trae las bolsas, Pérez —dijo en voz alta. Luego le dijo a Bosch—: No, no es lo único que tenemos. La basura de hoy, detective. Envié al camión de la basura calle arriba y dos de mis hombres vaciaron los dos cubos de delante de la casa de Samir. Perfectamente legal, como sabe, y mire lo que hemos encontrado.

Pérez se acercó con las bolsas de plástico de pruebas y se las tendió a Hadley.

—Capitán, he comprobado el PO —dijo Pérez—. Todo en orden.

—Gracias, Pérez.

Hadley cogió las bolsas y volvió con Bosch y Ferras. Pérez volvió al todoterreno.

—Nuestro puesto de observación es un hombre en un árbol —dijo Hadley con una sonrisa—. Si alguien hace un movimiento allí antes de que estemos preparados nos lo hará saber.

Le entregó las bolsas a Bosch. Dos de ellas contenían pasamontañas negros de lana, y en la tercera había un trozo de papel con un plano dibujado a mano. Bosch lo miró de cerca. Eran una serie de líneas entrecruzadas con dos de ellas marcadas como Arrowhead y Mulholland. Se dio cuenta de que el plano era una representación bastante precisa del barrio donde habían matado a Stanley Kent.

Bosch le devolvió las bolsas y negó con la cabeza.

—Capitán, creo que debería esperar.

Hadley se sorprendió por la sugerencia.

—¿Esperar? No vamos a esperar. Si este tipo y sus colegas contaminan el embalse con ese veneno, ¿cree que la gente de esta ciudad va a aceptar que nosotros estuviésemos esperando para asegurarnos de poner todos los puntos sobre las íes? No vamos a esperar.

Subrayó esta resolución escupiendo el chicle y lanzándolo a la parte de atrás del camión de la basura. Acto seguido quitó el pie del parachoques y empezó a dirigirse de nuevo hacia su equipo, pero hizo un repentino giro de ciento ochenta grados y volvió directamente a Bosch.

—Por lo que a mí respecta, tenemos al líder de una célula terrorista que opera desde esa casa y vamos a acabar con ella. ¿Qué problema tiene con eso, detective Bosch?

—Es demasiado fácil, ése es mi problema. No se trata de poner todos los puntos sobre las íes, porque eso es lo que ya han hecho los asesinos. Era un crimen cuidadosamente planeado, capitán. No habrían dejado el coche delante de la casa ni habrían tirado este material en los cubos de basura. Piénselo.

Bosch observó a Hadley reflexionando durante unos segundos, pero éste enseguida negó con la cabeza.

—Quizá no dejaron el coche allí —dijo—. Quizá todavía planean usarlo como parte de la entrega. Hay muchas variables, Bosch; cosas que desconocemos. Pero vamos a entrar. Le presentamos todo al juez y dijo que teníamos causa probable, lo cual es bastante bueno para mí. Tenemos en camino una orden para entrar sin llamar y vamos a usarla.

Bosch negó con la cabeza.

—¿De donde llegó el chivatazo, capitán? ¿Cómo encontraron el coche?

La mandíbula de Hadley empezó a trabajar, pero de repente debió de recordar que había tirado el chicle.

—Una de mis fuentes —dijo—. Llevamos casi cuatro años construyendo una red de inteligencia en esta ciudad. Hoy ha dado frutos.

—¿Me está diciendo que sabe cuál es la fuente o llegó de forma anónima?

Hadley movió las manos en un ademán desdeñoso.

—No importa —dijo—. La información era buena. Ahí está el coche. No hay duda de eso. —Señaló en dirección al embalse.

Bosch sabía por la manera de salirse por la tangente de Hadley que el chivatazo era anónimo, el sello de identidad de una trampa.

—Capitán, le insto a que se detenga —dijo—. Hay algo que no funciona en esto. Es demasiado sencillo, y no era un plan sencillo. Esto es algún tipo de maniobra de despiste y hemos de averiguar...

—No vamos a parar, detective. Puede haber vidas en juego.

Bosch negó con la cabeza. No iba a conseguir convencer a Hadley. El hombre creía que estaba al borde de algún tipo de victoria que lo redimiría de todos los errores que había cometido.

—¿Dónde está el FBI? —preguntó Bosch—. ¿No deberían...?

—No necesitamos al FBI —dijo Hadley, poniéndose otra vez a escasos centímetros de la cara de Bosch—. Tenemos la formación, el equipo y la capacidad. Y lo que es más importante, tenemos cojones. Por una vez vamos a ocuparnos nosotros mismos de cuidar de nuestra propia casa.

Hizo un gesto hacia el suelo como si el lugar en el que estaba fuera el último campo de batalla entre el FBI y el departamento.

—¿Y el jefe? —intentó Bosch—. ¿Lo sabe? Acabo de...

Se detuvo, recordando la advertencia del jefe respecto a mantener en secreto su reunión en el Donut Hole.

—¿Acaba de qué? —preguntó Hadley.

—Sólo quiero saber si lo sabe y lo aprueba.

—El jefe me ha dado plena autonomía para dirigir mi unidad. ¿Llama al jefe cada vez que sale y efectúa una detención?

Se volvió y marchó imperiosamente en dirección a sus hombres, dejando que Bosch y Ferras lo observaran.

—Uh —dijo Ferras.

—Sí —dijo Bosch.

Bosch se apartó de la parte de atrás del maloliente camión de basura y sacó su teléfono. Revisó su lista en busca del nombre de Rachel Walling. Acababa de pulsar el botón de llamada cuando se encontró otra vez con Hadley delante. Bosch no lo había oído venir.

—¡Detective! ¿A quién está llamando?

Bosch no dudó.

—A mi teniente. Me pidió que lo pusiera al corriente cuando llegáramos aquí.

—Nada de transmisiones de móvil ni de radio. Podrían estar monitorizándolas.

—¿Quién?

—Deme el teléfono.

—¿Capitán?

—Deme el teléfono o se lo retiraré. No vamos a comprometer esta operación.

Bosch cerró el teléfono sin colgar. Si tenía suerte, Walling podría responder la llamada y escuchar algo. Quizá lograría entenderlo y captar la advertencia. El FBI podría incluso ser capaz de triangular la transmisión de móvil y llegar a Silver Lake antes de que la situación se torciera por completo.

Bosch le pasó el teléfono a Hadley, que entonces se volvió hacia Ferras.

—Su teléfono, detective.

—Señor, mi esposa está embarazada de ocho meses y he de…

—Su teléfono, detective. O están con nosotros o están contra nosotros.

Hadley extendió la mano y Ferras a regañadientes sacó el teléfono del cinturón y se lo dio.

Hadley se alejó hacia uno de los todoterrenos, abrió la puerta del pasajero y puso los dos teléfonos en la guantera. Cerró de golpe el compartimento, con autoridad, y volvió a mirar a Bosch y Ferras como si los desafiara a intentar recuperar sus teléfonos.

El capitán se distrajo cuando un tercer todoterreno negro se metió en el aparcamiento y el conductor le hizo una seña con los pulgares. Hadley levantó un dedo y empezó a describir un movimiento de giro.

—Muy bien, todos —dijo en voz alta—. Tenemos la orden y conocemos el plan. Pérez, llama al apoyo aéreo y consíguenos un ojo en el cielo. El resto de los combatientes, ¡en marcha! Vamos a entrar.

Bosch observó con creciente pavor que los miembros de la OSN metían las balas en las recámaras de sus armas y se ponían cascos con protector facial. Dos de los hombres, que habían sido designados como equipo de contención de la radiación, empezaron a embutirse en trajes espaciales.

—Esto es una locura —dijo Ferras en un susurro.

—Charlie no hace surf —repuso Bosch.

—¿Qué?

—Nada. Eres demasiado joven.

14

El helicóptero de transporte de tropas se ladeó sobre una plantación de caucho de doce hectáreas y se posó en la zona de aterrizaje con la habitual caída final que te sacudía la columna. Hari Kari Bosch, Bunk Simmons, Ted Furness y Gabe Finley saltaron al barro. El capitán Gillette estaba esperándolos, aguantándose el casco con una mano para que no se le volara con la ventolera del rotor. Al helicóptero le costó levantar los patines de aterrizaje del barro —era el primer día seco después de seis días de lluvia—, pero logró despegar y sobrevoló un canal de irrigación para regresar al cuartel general del III Cuerpo.

—Acompáñenme —dijo Gillette.

Bosch y Simmons llevaban en el país el tiempo suficiente para tener apodos, pero Furness y Finley eran novatos y estaban haciendo prácticas sobre el terreno, y Bosch sabía que estaban cagados de miedo. Iba a ser su primer descenso, y nada de lo que te enseñan en una escuela de túneles de San Diego puede prepararte para las imágenes, sonidos y olores de la realidad.

El capitán los llevó a una mesa de naipes dispuesta en el interior de la tienda de campaña y trazó su plan. El sistema de túneles que discurría bajo Ben Cat era extenso y había que derribarlo como parte de un intento de la línea de avanzada de hacerse con el control del pueblo. Ya estaban aumentando las incursiones sorpresa en el interior del perímetro del campo, así como las bajas entre los zapadores. El capitán explicó que el mando del III Cuerpo le estaba dando en la cresta a diario. No hizo mención de que le preocuparan los muertos y heridos entre sus filas. Las víctimas eran reemplazables, pero su posición de favor con el coronel del III Cuerpo no lo era.

El plan era una sencilla operación de limpieza de túneles. El capitán desenrolló un mapa que había trazado con la ayuda de los habitantes del pueblo que habían estado en los túneles. Señaló cuatro pequeñas bocas distintas y explicó que las cuatro ratas de túneles bajarían simultáneamente para forzar a los hombres del Vietcong que estuvieran bajo tierra hacia un quinto agujero, donde los soldados de la División Relámpago del Trópico estarían esperando en la superficie para masacrarlos. Por el camino, Bosch y sus compañeros ratas pondrían cargas y la operación terminaría con la implosión de todo el sistema de túneles.

El plan era bastante simple hasta que bajaron allí en la oscuridad y el laberinto no coincidía con el plano que habían estudiado en la mesa de naipes de la tienda. Bajaron cuatro, pero sólo uno salió vivo. Relámpago del Trópico no causó ninguna baja al enemigo ese día. Y ése fue el día en que Bosch supo que la guerra estaba perdida, al menos para él. Fue entonces cuando supo que algunos hombres de rango a veces luchaban en batallas con enemigos que estaban en su interior.

Bosch y Ferras iban en la parte de atrás del todoterreno del capitán Hadley. Pérez conducía y Hadley iba fusil en mano, con un casco de radio para poder dirigir la operación. La radio del vehículo estaba sintonizando la frecuencia del canal de la operación, la cual no se encontraría listada en ningún directorio de frecuencia pública. El volumen del altavoz estaba alto.

Eran los terceros en la comitiva de todoterrenos negros. A media manzana de la casa objetivo, Pérez frenó para dejar que los otros dos vehículos siguieran con lo planeado.

Bosch se inclinó hacia delante entre los dos asientos delanteros para poder ver mejor a través del parabrisas. Cada uno de los otros vehículos llevaba a cuatro hombres de pie en los estribos laterales. Los coches tomaron velocidad antes de girar bruscamente hacia la casa de Samir. Uno enfiló el sendero de entrada del pequeño bungaló estilo Craftsman hacia la parte de atrás; el otro subió el bordillo y cruzó el césped delantero. Cuando el vehículo pesado impactó en el bordillo, uno de los hombres de la OSN que iba de pie en los estribos se tambaleó y cayó dando tumbos por el césped.

Los demás saltaron de sus puestos y avanzaron hacia la puerta delantera. Bosch suponía que lo mismo estaba ocurriendo por la parte de atrás. No estaba de acuerdo con el plan, pero admiraba su precisión. Se oyó un estallido cuando un artefacto explosivo voló la puerta delantera, y casi inmediatamente sonó otro en la parte de atrás.

—Muy bien, adelante —ordenó Hadley a Pérez.

La radio del vehículo cobró vida con informes del interior de la casa.

—¡Estamos dentro!

—¡Estamos atrás!

—¡Habitación delantera despejada! Vamos…

La voz se cortó por el sonido de armas automáticas.

—¡Tiros!

—Nos…

—¡Fuego!

Bosch oyó más disparos, pero no a través de la radio; ahora sonaban lo bastante cerca para oírlos en directo. Pérez detuvo el vehículo en la calle, cruzado en ángulo por delante de la casa. Las cuatro puertas se abrieron a la vez y todos saltaron, dejando el coche abierto y la radio atronando.

—¡Todo despejado! ¡Todo despejado!

—Un sospechoso caído. ¡Necesitamos una ambulancia!

En menos de veinte segundos todo había terminado.

Bosch cruzó el jardín detrás de Hadley y Pérez, con Ferras a

151

su lado. Entraron por la puerta principal con las armas levantadas. Inmediatamente los recibió uno de los hombres de Hadley. Encima del bolsillo delantero de su camisa de faena se leía el nombre de Peck.

—¡Despejado! ¡Despejado!

Bosch bajó el arma al costado, pero no la enfundó. Miró a su alrededor, a lo que era una sala de estar escasamente amueblada. Olía a pólvora quemada y vio un humo azulado flotando en el aire.

—¿Qué tenemos? —preguntó Hadley.

—Uno caído, uno detenido —dijo Peck—. Allí atrás.

Siguieron a Peck por un corto pasillo hasta una sala con alfombras tejidas en el suelo. Un hombre al que Bosch reconoció como Ramin Samir yacía boca arriba en el suelo. La sangre fluía desde las dos heridas del pecho, empapando una túnica de color crema, el suelo y una de las alfombras. Una mujer joven con idéntica túnica yacía boca abajo y gimoteando, con las manos esposadas a la espalda.

Había un revólver en el suelo junto al cajón abierto de un pequeño armario con velas votivas encima. La pistola estaba a medio metro del lugar donde yacía Samir.

—Fue a por la pistola y le disparamos —dijo Peck.

Bosch miró a Samir. No estaba consciente y su pecho subía y bajaba con un ritmo quebrado.

—Está bordeando el desagüe —dijo Hadley—. ¿Qué hemos encontrado?

—Hasta el momento no hay materiales —dijo Peck—. Ahora vamos a traer el equipo.

—Muy bien, vamos a registrar el coche —ordenó Hadley—. Y sacad a la mujer de aquí.

Mientras los dos hombres levantaban a la mujer que lloraba y la sacaban de la habitación como si fuera un ariete, Hadley volvió a dirigirse a la acera donde se hallaba el Chrysler 300. Bosch y Ferras lo siguieron.

Miraron en el coche, pero no lo tocaron. Bosch se fijó en que no estaba cerrado con llave. Se inclinó para mirar dentro a través de la ventanilla del pasajero.

—Las llaves están puestas —dijo.

Sacó un par de guantes de látex, los estiró y se los puso.

—Vamos a tomar una lectura antes, Bosch —dijo Hadley.

El capitán señaló a uno de sus hombres, que llevaba un monitor de radiación. El hombre pasó el artefacto por encima del coche, pero sólo obtuvo unos pequeños pops en el maletero.

—Podríamos tener algo aquí mismo —dijo Hadley.

—Lo dudo —dijo Bosch—. No está aquí.

Abrió la puerta lateral y se inclinó hacia el interior.

—Bosch, espere…

Bosch pulsó el botón que abría el maletero antes de que Hadley pudiera terminar. Se oyó un sonido neumático y el maletero se abrió. Bosch se apartó del coche y fue a la parte de atrás. El maletero estaba vacío, pero Bosch vio las mismas cuatro muescas que había visto antes en el maletero del Porsche de Stanley Kent.

—No está —dijo Hadley, mirando el maletero—. Ya deben de haber hecho la transferencia.

—Sí. Mucho antes de traer el coche aquí. —Bosch miró a Hadley a los ojos—. Era una pista falsa, capitán. Se lo dije.

Hadley se movió hacia Bosch para poder hablar sin que todo su equipo le oyera, pero lo interceptó Peck.

—¿Capitán…?

—¿Qué? —bramó Hadley.

—El sospechoso está en código siete.

—Entonces cancela la ambulancia y llama al forense.

—Sí, señor. La casa está despejada. No hay materiales y los monitores no captan ninguna firma.

Hadley miró a Bosch y rápidamente volvió a mirar a Peck.

—Diles que registren otra vez —ordenó—. El cabrón fue a por una pistola. Tenía que estar escondiendo algo. Destrozad la

153

casa si hace falta, especialmente esa habitación, parece un lugar de encuentro para terroristas.

—Es una sala de plegaria —dijo Bosch—. Y quizás el tipo fue a buscar la pistola porque se acojonó cuando la gente entró derribando las puertas.

Peck no se había movido. Estaba escuchando a Bosch.

—¡Vamos! —ordenó Hadley—. ¡Destrozad esa puta casa! El material estaba en un contenedor de plomo. Que no haya lectura no significa que no esté ahí.

Peck corrió de nuevo hacia la casa y Hadley clavó su mirada en Bosch.

—Necesitamos que el equipo forense procese el vehículo —dijo Bosch—. Y no tengo teléfono para hacer la llamada.

—Vaya a buscar su teléfono y haga la llamada.

Bosch volvió al todoterreno. Observó que metían a la mujer que había en la casa en la parte de atrás de uno de los vehículos aparcados en el jardín. Todavía estaba llorando y Bosch supuso que las lágrimas no se detendrían enseguida. Primero por Samir, luego por ella.

Al inclinarse a través de la puerta del 4x4 de Hadley, se dio cuenta de que el vehículo aún estaba en marcha. Apagó el motor, abrió la guantera y sacó los dos teléfonos. Abrió y comprobó el suyo para ver si la llamada a Rachel Walling aún estaba conectada. No lo estaba y no estaba seguro de si la llamada se había llegado a establecer.

Se topó con Hadley en cuanto se apartó de la puerta. Estaban separados de los demás y nadie podía oírlos.

—Bosch, si intenta causar problemas a esta unidad, le causaré problemas a usted. ¿Entendido?

Bosch lo estudió un momento antes de responder.

—Claro, capitán. Me alegro de que piense en la unidad.

—Tengo contactos que llegan hasta la cima del departamento y también fuera de él. Puedo hacerle daño.

—Gracias por el consejo.

Bosch empezó a alejarse, pero entonces se detuvo. Quería decir algo, pero vaciló.

—¿Qué? —dijo Hadley—. Dígalo.

—Sólo estaba pensando en un capitán para el que trabajé una vez, hace mucho tiempo y en otro lugar. No paraba de dar pasos equivocados y sus cagadas costaban vidas de buena gente, así que finalmente tuvo que parar. Ese capitán terminó muerto en una letrina a manos de sus propios hombres. Contaban que después no podían separar sus partes de la mierda.

Bosch se alejó, pero Hadley se detuvo.

—¿Qué se supone que significa? ¿Es una amenaza?

—No, es una historia.

—¿Y está llamando al tipo de ahí dentro buena gente? Deje que le diga algo, un tipo como ése se levanta y vitorea cuando los aviones se estrellan en los edificios.

—No sé qué clase de persona era, capitán. Sólo sé que no formaba parte de esto y que le tendieron una trampa, igual que a usted —respondió Bosch—. Si averigua quién le dio el chivatazo del coche, hágamelo saber. Podría ayudarnos.

Bosch se acercó a Ferras y le devolvió el teléfono. Le dijo a su compañero que se quedara en la escena para supervisar el análisis forense del Chrysler.

—¿Adónde vas, Harry?

—Al centro.

—¿Y la reunión con el FBI?

Bosch no miró el reloj.

—Se nos ha pasado. Llámame si encuentran algo.

Bosch lo dejó allí y empezó a caminar por la calle hacia el centro recreativo donde estaba aparcado el coche.

—Bosch, ¿adónde va? —le llamó Hadley—. ¡No ha terminado aquí!

Bosch le saludó con la mano sin mirar atrás. Siguió caminando. A medio camino del centro recreativo vio al primer furgón de la tele pasando en dirección a la casa de Samir.

155

15

*B*osch tenía la esperanza de llegar al edificio federal del centro antes de que lo hiciera la noticia de la incursión en la casa de Ramin Samir. Había intentado llamar a Rachel, pero no había obtenido respuesta. Sabía que podría estar en el local de Inteligencia Táctica, pero desconocía su ubicación. Sólo sabía dónde estaba el edificio federal, y confiaba en que el tamaño y la importancia creciente de la investigación dictaría que se dirigiera desde el edificio principal y no desde una oficina satélite secreta.

Entró en el edificio por la puerta reservada a las fuerzas del orden y le dijo al *marshal* federal que comprobó su identificación que iba al FBI. Cogió el ascensor hasta la planta catorce y fue recibido por Brenner en cuanto se abrieron las puertas. Obviamente se había comunicado desde abajo que Bosch estaba en el edificio.

—Supongo que no has recibido el mensaje —dijo Brenner.

—¿Qué mensaje?

—Que la conferencia de evaluación se ha cancelado.

—Creo que debería haber recibido el mensaje en cuanto aparecisteis. No iba a haber una conferencia de evaluación, ¿no?

Brenner no hizo caso de la pregunta.

—Bosch, ¿qué quieres?

—Quiero ver a la agente Walling.

—Soy su compañero. Cualquier cosa que quieras decirle a ella, puedes decírmela a mí.

—Sólo a ella. Quiero hablar con ella.

Brenner lo estudió un momento.

—Ven conmigo —dijo al fin.

El agente federal no esperó una respuesta. Usó la tarjeta de identificación con pinza para abrir una puerta y Bosch lo siguió al interior. Brenner fue lanzando preguntas por encima del hombro mientras recorrían un largo pasillo.

—¿Dónde está tu compañero? —preguntó.

—Está en la escena del crimen —dijo Bosch.

No era una mentira. Bosch simplemente omitió decir en qué escena del crimen estaba Ferras.

—Además —añadió—, pensaba que sería más seguro para él estar allí. No quiero que lo uséis para llegar a mí.

Brenner se detuvo en seco, pivotó abruptamente y quedó a sólo unos centímetros de la cara de Bosch.

—¿Sabes lo que estás haciendo, Bosch? Estás comprometiendo una investigación que podría tener implicaciones de largo alcance. ¿Dónde está el testigo?

Bosch se encogió de hombros, como para dar a entender que su respuesta era obvia.

—¿Dónde está Alicia Kent? —repuso.

Brenner negó con la cabeza, pero no respondió.

—Espera aquí —dijo—, iré a buscar a la agente Walling.

Brenner abrió una puerta que tenía el número 1411 y se apartó para que pasara Bosch. Al entrar, Bosch vio que era una pequeña sala de interrogatorios similar a la que había compartido esa mañana con Jesse Mitford. De repente, Brenner empujó a Bosch por detrás y éste se volvió justo a tiempo de ver a Brenner cerrando la puerta desde el pasillo.

—¡Eh!

Bosch agarró el pomo, pero ya era demasiado tarde: la puerta estaba cerrada con llave. Llamó dos veces, aunque ya sabía que Brenner no iba a abrirle. Se volvió y miró el pequeño espacio en el que estaba confinado. La sala de interrogatorios, a semejanza de las del departamento, sólo contenía tres elementos de mobiliario: una mesita cuadrada y dos sillas. Suponiendo que había una cámara en algún lugar elevado, levantó el dedo corazón en el aire. Hizo un giro con la mano para enfatizar el mensaje.

Bosch apartó una de las sillas y se sentó a horcajadas en ella, preparado para esperarlos. Sacó el teléfono móvil y lo abrió. Sabía que si lo estaban vigilando no les gustaría que llamara fuera e informara de su situación; eso sería embarazoso para el FBI. Sin embargo, cuando miró la pantalla no había señal. Era una sala segura. Las señales de radio no podían entrar ni salir. Los federales pensaban en todo.

Pasaron veinte largos minutos antes de que la puerta se abriera finalmente. Rachel Walling entró, cerró la puerta y se sentó en la silla situada enfrente de él, tranquilamente.

—Lo siento, Harry, estaba en Táctica.

—Qué coño, Rachel. ¿Ahora retenéis a los policías contra su voluntad?

Walling pareció sorprendida.

—¿De qué estás hablando?

—¿De qué estás hablando? —repitió Bosch en tono de mofa—. Tu compañero me ha encerrado aquí.

—No estaba cerrado cuando he entrado. Pruébalo ahora.

Bosch hizo un gesto para indicar que prefería dejarse de tonterías.

—Olvídalo. No tengo tiempo para jueguecitos. ¿Qué está pasando con la investigación?

Ella frunció los labios y consideró cómo responder.

—Lo que está pasando es que tú y tu departamento habéis estado correteando como ladrones en una joyería, destrozando cualquier puto caso a la vista. No podéis distinguir el cristal de los diamantes.

Bosch asintió.

—Entonces ya sabes lo de Ramin Samir.

—¿Quién no? Ya está en las noticias. ¿Qué pasó allí?

—Una cagada de primera es lo que pasó. El capitán Done Badly. Nos engañaron. Le engañaron.

—Sí, parece que engañaron a alguien.

Bosch se inclinó sobre la mesa.

—Pero significa algo, Rachel. La gente que puso a la OSN sobre Samir sabía quién era y que era un objetivo fácil. Dejaron el coche de Kent delante de su casa porque sabían que terminaríamos acelerando en falso.

—También podría haber funcionado como venganza contra Samir.

—¿Qué quieres decir?

—Todos estos años que estuvo atizando el fuego en la CNN. Podrían haberle visto como alguien que dañaba su causa porque estaba dando al enemigo un rostro y aumentando la rabia y la resolución de América.

Bosch no lo entendía.

—Pensaba que la agitación era una de sus armas. Pensaba que les encantaba este tipo.

—Quizá, es difícil de saber.

No estaba seguro de lo que Rachel trataba de decirle, pero, cuando se inclinó sobre la mesa, vio de repente lo cabreada que estaba.

—Ahora hablemos de ti y de por qué has estado jodiendo las cosas sin ayuda de nadie desde antes incluso de que se encontrara el coche.

—¿De qué estás hablando? Estoy tratando de resolver un homicidio. Es mi…

—Sí, tratando de resolver un homicidio con el posible coste de poner en riesgo a toda la ciudad por esta insistencia mezquina, egoísta y con pretensiones de superioridad moral en…

—Vamos, Rachel, ¿no crees que tengo cierta idea de lo que puede estar en juego aquí?

Ella negó con la cabeza.

—No si te estás guardando un testigo clave. ¿No ves lo que estás haciendo? No tienes idea de adónde se dirige esta investigación porque has estado ocupado escondiendo testigos y dando golpes bajos a los agentes.

Bosch se recostó, claramente sorprendido.

—¿Es eso lo que dijo Maxwell, que le di un golpe bajo?

—No importa lo que dijera. Estamos tratando de controlar una situación potencialmente devastadora y no entiendo por qué estás haciendo estas cosas tan raras.

Bosch asintió.

—Eso tiene sentido —dijo—. Si sacáis a alguien de su propia investigación, es lógico que no sepáis lo que pretende.

Walling levantó las manos como para frenar un tren.

—Vale, terminemos con todo esto. Habla conmigo, Harry. ¿Cuál es el problema?

Bosch miró a Walling y luego al techo. Estudió los rincones superiores de la sala y luego volvió a mirarla.

—¿Quieres hablar? Vamos a dar un paseo fuera, para que podamos hablar.

Ella no vaciló.

—Vale, perfecto —dijo—. Caminemos y hablemos. Y luego me darás a Mitford.

Walling se levantó y caminó hasta la puerta. Bosch vio que ella rápidamente levantaba la mirada al aire acondicionado que estaba en lo alto de la pared de atrás, confirmándole a Bosch que todo estaba grabándose en vídeo. Walling abrió la puerta, que no estaba cerrada con llave, y Brenner y otro agente los estaban esperando en el pasillo.

—Vamos a dar un paseo —dijo Walling—. Solos.

—Pasadlo bien —dijo Brenner—. Nosotros estaremos aquí, tratando de encontrar el cesio y salvar unas cuantas vidas.

Walling y Bosch no respondieron. Ella lo condujo por el pasillo. Justo cuando estaban delante de la puerta del vestíbulo de ascensores, Bosch oyó una voz detrás de él.

—¡Eh, colega!

Bosch se volvió justo a tiempo de recibir el impacto del agente Maxwell en el pecho. Maxwell lo empujó contra la pared y lo sujetó allí.

—Estás un poco en minoría ahora, Bosch.

—Para —gritó Walling—. Cliff, para.

Bosch colocó el brazo en torno a la cabeza de Maxwell e iba a tirar de ella en una llave clásica cuando Walling intervino, separó a Maxwell y lo empujó por el pasillo.

—¡Cliff, lárgate! ¡Vete!

Maxwell empezó a retroceder por el pasillo. Señaló a Bosch con el dedo por encima del hombro de Walling.

—Sal de mi edificio, hijo de puta. Vete y no vuelvas.

Walling empujó a Maxwell en la primera puerta de oficina abierta y la cerró tras de sí. Para entonces varios agentes más habían llegado al pasillo para ver cuál era el motivo del alboroto.

161

—Se acabó —anunció Walling—. Que todo el mundo se vaya a dormir.

Ella volvió con Bosch y lo empujó hacía la puerta del ascensor.

—¿Estás bien?

—Sólo me duele cuando respiro.

—¡Hijo de puta! Ese tipo siempre ha sido un bala perdida.

Bajaron en el ascensor hasta la planta del garaje y desde allí subieron por una rampa que los condujo a Los Angeles Street. Walling giró a la derecha y él le dio alcance. Se estaban alejando del ruido de la autovía. Walling miró el reloj y señaló un edificio de oficinas de diseño y construcción modernos.

—Hay café decente en el edificio Reagan —dijo—. Pero no quiero tomarme mucho tiempo.

—Otro edificio federal —Bosch suspiró—. El agente Maxwell también podría pensar que es suyo.

—¿Puedes dejar eso, por favor?

Bosch se encogió de hombros.

—Me sorprende incluso que Maxwell admitiera que volvimos a la casa.

—¿Por qué?

—Porque supuse que lo habían mandado a la casa porque ya estaba en la perrera por alguna cagada. ¿Por qué admitir que lo redujimos y tener que quedarse más tiempo en la perrera?

Walling negó con la cabeza.

—No lo entiendes —dijo—. Para empezar, a Maxwell lo han apretado un poco últimamente, pero en Inteligencia Táctica no hay nadie en la perrera. El trabajo es demasiado importante para tener inútiles en el equipo. En segundo lugar, no le importa lo que piense nadie. Lo que creyó es que sería importante para todos ponernos al corriente de cómo estás jodiendo las cosas.

Bosch intentó cambiar de rumbo.

—Déjame preguntarte algo: ¿tienen noticias de ti y de mí allí? Me refiero a nuestra historia.

—Sería difícil que no lo supieran después de Echo Park. Pero, Harry, todo eso no importa. Eso no es importante hoy. ¿Qué es lo que te pasa? Tenemos suficiente cesio para cerrar un aeropuerto y no pareces preocupado. Estás contemplando esto como un asesinato; sí, un hombre está muerto, pero no se trata de eso. Es un robo, Harry, ¿lo entiendes? Querían el cesio, y ahora lo tienen. Y quizá nos resultaría útil poder hablar con el único testigo conocido. O sea que, ¿dónde está?

—Está a salvo. ¿Dónde está Alicia Kent? ¿Y dónde está el socio de su marido?

—Están a salvo. El socio está siendo interrogado y mantenemos a la mujer en Táctica hasta que estemos seguros de que tenemos de ella todo lo que podemos sacar.

—No va a ser muy útil. No pudo…

—En eso te equivocas. Ya ha sido muy útil.

Bosch no pudo reprimir la expresión de sorpresa.

—¿Cómo? Dijo que no les había visto las caras.

—No lo hizo. Pero oyó un nombre. Cuando estaban hablando entre ellos oyó un nombre.

—¿Qué nombre? Eso no lo dijo antes.

Walling asintió con la cabeza.

—Y por eso has de entregarnos tu testigo. Tenemos a gente especialista en obtener información de ellos, y podemos sacar cosas que tú no puedes sacar. Lo hicimos con ella y podremos hacerlo con él.

Bosch sintió que se ponía colorado.

—¿Cuál es el nombre que ese maestro del interrogatorio obtuvo de ella?

Ella negó con la cabeza.

—No estamos negociando, Harry. Éste es un caso que implica la seguridad nacional. Tú estás fuera. Y, por cierto, eso no va a cambiar por más llamadas que haga tu jefe de policía.

Bosch supo entonces que su reunión en el Donut Hole no había servido de nada. Incluso el jefe estaba mirándolo desde fuera. Fuera cual fuese el nombre que había proporcionado Alicia Kent, había encendido el tablero federal como Times Square.

—Lo único que tengo es mi testigo —dijo—. Te lo cambiaré ahora mismo por el nombre.

—¿Para qué quieres el nombre? No vas a acercarte a ese tipo.

—Porque quiero saberlo.

Walling dobló los brazos delante del pecho y lo pensó un momento. Finalmente, lo miró.

—Tú primero —dijo ella.

Bosch escrutó los ojos de Walling y dudó. Seis meses antes le habría confiado su propia vida. Ahora las cosas habían cambiado. Bosch no estaba tan seguro.

—Lo he metido en mi casa —dijo—. ¿Recuerdas dónde está?

Walling sacó un teléfono del bolsillo de la chaqueta y lo abrió para hacer una llamada.

163

—Espera un momento, agente Walling —dijo—. ¿Cuál es el nombre que te dio Alicia Kent?

—Lo siento, Harry.

—Teníamos un trato.

—Seguridad nacional, lo siento.

Walling empezó a marcar un número en el móvil. Bosch asintió. Había acertado.

—He mentido —dijo—. No está en mi casa.

Ella cerró el teléfono de golpe.

—¿Qué pasa contigo? —preguntó, enfadada, con una voz más chillona—. Llevamos más de trece horas de retraso con el cesio. ¿Te das cuenta de que ya podría estar en un artefacto? Ya podría…

Bosch se le acercó.

—Dime el nombre y te daré el testigo.

—¡Muy bien! —Lo empujó para apartarlo.

Bosch sabía que Walling estaba enfadada consigo misma por tragarse la mentira.

—Alicia Kent dijo que oyó el nombre de Moby, ¿vale? En su momento no pensó nada, porque no se dio cuenta de que era realmente un nombre lo que oyó.

—Muy bien, ¿quién es Moby?

—Es un terrorista sirio llamado Momar Azim Nassar. Se cree que está en este país. Es conocido por amigos y asociados como Moby. No sabemos por qué, pero la verdad es que se parece al músico.

—¿A quién?

—No importa. No es de tu generación.

—Pero ¿estás segura de que ella oyó su nombre?

—Sí. Ella nos dio el nombre. Y yo te lo he dicho a ti. Ahora, ¿dónde está el testigo?

—Espera. Ya me has mentido una vez.

Bosch sacó el teléfono e iba a llamar a su compañero cuando recordó que Ferras todavía estaría en la escena del crimen de

Silver Lake y no podría darle lo que necesitaba. Abrió la agenda de teléfonos, encontró el número de Kiz Rider y pulsó el botón de llamada.

Rider respondió de inmediato. Tenía el número de Bosch en identificador de llamadas.

—Hola, Harry. Has estado ocupado hoy, ¿eh?

—¿Te lo ha dicho el jefe?

—Tengo algunas fuentes. ¿Qué pasa?

Bosch habló mientras miraba a Walling y observaba los ojos de la agente oscureciendo de rabia.

—Necesito un favor de mi antigua compañera. ¿Todavía te llevas el portátil al trabajo?

—Por supuesto. ¿Qué favor?

—¿Puedes acceder a los archivos del *New York Times* desde ese ordenador?

—Puedo.

—Muy bien. Tengo un nombre. Quiero que compruebes si ha salido en algún artículo.

—Espera, he de conectarme.

Pasaron varios segundos. El teléfono de Bosch empezó a sonar porque estaba recibiendo otra llamada, pero esperó y Rider enseguida estuvo lista.

—¿Cuál es el nombre?

Bosch tapó el teléfono con la mano y preguntó a Walling el nombre completo del terrorista sirio. Luego se lo repitió a Rider y esperó.

—Sí, múltiples resultados —dijo—. Desde hace ocho años.

—Hazme un resumen.

Bosch esperó.

—Ah, sólo un puñado de material de Oriente Próximo. Es sospechoso de estar involucrado en diversos secuestros y atentados. Está conectado con al-Qaeda, según fuentes federales.

—¿Qué es lo que dice el último artículo?

—A ver… Es de un autobús bomba en Beirut. Dieciséis víctimas mortales. Es del 3 de enero del 2004. Después de eso, nada.

—¿Dan algunos apodos o alias?

—Em… no. No veo ninguno.

—Vale, gracias. Te llamaré después.

—Espera un momento, Harry.

—¿Qué? He de colgar.

—Oye, sólo quiero decirte que tengas cuidado, ¿vale? Es una liga completamente diferente la que estás jugando con esto.

—Vale, lo entiendo —dijo Bosch—. He de colgar.

Bosch terminó la llamada y miró a Rachel.

—En el *New York Times* no dice nada de que este tipo esté en el país.

—Porque no se sabe. Por eso es tan genuina la información de Kent.

—¿Qué quieres decir? ¿Das por buena su palabra de que el tipo está en este país sólo porque oyó una palabra que podría no ser ni un nombre?

Walling dobló los brazos. Estaba perdiendo su paciencia.

—No, Harry, sabemos que está en este país. Tenemos un vídeo de él saliendo del puerto de Los Ángeles en agosto pasado, lo que pasa es que no llegamos a tiempo de detenerlo. Creemos que está con otro operativo de al-Qaeda llamado Muhammad El-Fayed. De alguna manera se metieron en este país, la frontera es un puto colador, y quién sabe qué han planeado.

—¿Y crees que tienen el cesio?

—No lo sabemos, pero la información de inteligencia sobre El-Fayed es que fuma cigarrillos turcos sin filtro y…

—Las cenizas del lavabo.

Walling asintió.

—Exacto. Todavía están analizándolas, pero en la oficina las apuestas están ocho a uno a favor de que era un cigarrillo turco.

Bosch asintió y de repente se sintió estúpido por los movimientos que había estado haciendo, la información que había retenido.

—Pusimos al testigo en el Mark Twain Hotel de Wilcox —dijo—. Habitación 303, bajo el nombre de Charles Dickens.

—Bien.

—Y Rachel...

—¿Qué?

—Nos dijo que oyó al asesino invocar a Alá antes de apretar el gatillo.

Walling lo juzgó con la mirada mientras volvía a abrir el teléfono. Pulsó un solo botón y habló con Bosch mientras esperaba la conexión.

—Reza porque cojamos a esta gente antes de que...

Se cortó cuando contestaron la llamada. Proporcionó la información sin identificarse ni saludar en modo alguno.

—Ésta en el Mark Twain de Wilcox. Habitación 303. Ve a cogerlo.

Walling cerró el teléfono y miró a Bosch. Peor que el juicio, Harry vio decepción y desprecio en los ojos de Rachel en esta ocasión.

—He de irme —dijo ella—. Yo me mantendría apartado de aeropuertos, metros y centros comerciales hasta que encontremos el cesio.

Walling se volvió y lo dejó allí. Bosch estaba observando cómo se alejaba cuando su teléfono empezó a sonar otra vez y él respondió sin apartar la mirada de Rachel. Era Joseph Felton, ayudante del forense.

—Harry, he estado tratando de encontrarte.

—¿Qué pasa, Joe?

—Acabamos de pasarnos por el Queen of Angels para recoger un cadáver, un pandillero al que conectaron a la máquina después de un tiroteo ayer en Hollywood.

Bosch recordó el caso que había mencionado Jerry Edgar.

—¿Sí?

167

Bosch sabía que el forense no había llamado para perder el tiempo. Había una razón.

—Así que estamos aquí, entro en la sala de descanso para tomar un café y oigo a un par de camilleros hablando de una recogida que acaban de hacer. Dijeron que acababan de ingresar en Urgencias a un tipo con SRA, y eso me hizo pensar que podría estar relacionado con el tipo del mirador. No sé, porque llevaba los anillos de alerta de radiación.

Bosch calmó la voz.

—Joe, ¿qué es SRA?

—Síndrome de Radiación Agudo. Los médicos dijeron que no sabían lo que tenía el tipo. Estaba quemado y vomitando por todas partes. Ellos lo transportaron y la doctora de Urgencias dijo que era un caso muy grave de exposición, Harry. Ahora los médicos están esperando para ver si ellos estuvieron expuestos.

Bosch empezó a caminar hacia Rachel Walling.

168

—¿Dónde encontraron a este tipo?

—No pregunté, pero supongo que estaba en algún sitio de Hollywood si lo llevaron allí.

Bosch empezó a coger velocidad.

—Joe, quiero que cuelgues y consigas a alguien de seguridad del hospital para vigilar a este tipo. Voy de camino.

Bosch cerró de golpe el teléfono y empezó a correr hacia Rachel lo más deprisa que podía.

16

*E*l tráfico en la autovía de Hollywood discurría lentamente hacia el centro. Según las leyes de la física del tráfico —que para cada acción había una reacción igual opuesta—, Harry Bosch tenía el camino despejado en los carriles de dirección norte. Por supuesto, contaba con la ayuda de la sirena y las luces destellantes en su coche, haciendo que los pocos vehículos que circulaban por delante se apartaran rápidamente de su camino. La fuerza aplicada era otra ley que Bosch conocía bien. Conducía un viejo Crown Vic a ciento cuarenta y tenía los nudillos blancos de agarrar el volante.

—¿Adónde vamos? —gritó Rachel Walling por encima del sonido de la sirena.

—Te lo he dicho. Te voy a llevar al cesio.

—¿Qué significa eso?

—Significa que una ambulancia acaba de ingresar a un hombre con un síndrome de radiación agudo en la sala de Urgencias del Queen of Angels. Llegaremos en cuatro minutos.

—¡Maldita sea! ¿Por qué no me lo has dicho?

La respuesta era que quería contar con una ventaja, pero no se lo dijo. Permaneció en silencio mientras Walling abría su teléfono móvil y marcaba un número. Entonces ella sacó el brazo por la ventanilla y apagó la sirena del techo.

—¿Qué estás haciendo? —exclamó Bosch—. Necesito...

—¡Tengo que hablar!

Bosch levantó el pie del pedal y redujo a ciento veinte por seguridad. Al cabo de un momento, la llamada de Walling se conectó y Bosch la escuchó gritando órdenes. Esperaba que fuera a Brenner y no a Maxwell.

—Desvía al equipo del Mark Twain al Queen of Angels. Reúne un equipo de contaminación y llévalo también allí. Envía unidades de refuerzo y un equipo de valoración de riesgos. Tenemos un caso de exposición que podría llevarnos al material robado. Hazlo y vuelve a llamarme. Estaré allí en tres minutos.

Walling cerró el teléfono y Bosch colocó la sirena.

—¡He dicho cuatro minutos! —gritó.

—¡Impresióname! —gritó ella.

Bosch volvió a pisar el acelerador, aunque no lo necesitaba. Estaba seguro de que serían los primeros en llegar al hospital. Ya habían pasado Silver Lake en la autovía y se acercaba a Hollywood, pero lo cierto era que cada vez que podía ir a ciento cuarenta legítimamente en la autovía de Hollywood no desaprovechaba la ocasión. En la ciudad pocos podían presumir de haberlo hecho en las horas diurnas.

—¿Quién es la víctima? —gritó Rachel.

—Ni idea.

Se quedaron en silencio durante un rato largo. Bosch se concentró en conducir y en sus pensamientos. Había muchas cosas que le inquietaban del caso. Enseguida tuvo que compartirlas.

—¿Cómo crees que lo eligieron como objetivo? —dijo.

—¿Qué? —replicó Walling, saliendo de sus pensamientos.

—Moby y El-Fayed. ¿Por qué escogieron a Stanley Kent?

—No lo sé. Quizá si es uno de ellos el que está en el hospital podremos preguntárselo.

Bosch dejó que pasara cierto tiempo. Estaba cansado de hablar a gritos, pero gritó otra pregunta.

—¿No te inquieta que todo saliera de esa casa?

—¿De qué estás hablando?

—La pistola, la cámara, el ordenador que utilizaron. Todo. Hay botellas de litro de Coca-Cola en la despensa y ataron a Alicia Kent con las mismas bridas que usa para cultivar las rosas en su jardín trasero. ¿No te inquieta eso? No tenían nada más que un cuchillo y pasamontañas cuando entraron por esa puerta. ¿Eso no te parece extraño?

—Has de recordar que son gente ingeniosa. Les enseñan en los campamentos. El-Fayed se entrenó en un campamento de al-Qaeda en Afganistán, y él a su vez enseñó a Nassar. Usan lo que tienen a mano. Podrías decir que derribaron el World Trade Center con un par de aviones comerciales y un par de cutres, todo depende de cómo lo mires. Más importante que las herramientas que utilizan es su implacabilidad, una cualidad que estoy segura que sabes apreciar.

Bosch iba a responder, pero estaban en la salida y tenía que concentrarse en esquivar el tráfico en las calles. Al cabo de dos minutos apagó finalmente la sirena y aparcó en la entrada de ambulancias del Queen of Angels.

Felton los recibió en la sala de Urgencias abarrotada y los condujo a la sala de tratamiento, donde había seis boxes. Un agente de seguridad privada estaba de pie fuera de uno de los boxes. Bosch avanzó, mostrando su placa. Sin apenas saludar al vigilante, abrió la cortina y se metió en el box.

El paciente estaba solo. Un hombre bajo, de pelo oscuro y piel morena, yacía bajo una telaraña de tubos y cables que se extendían por encima de la maquinaria médica hasta sus extremidades, pecho, boca y nariz. La cama de hospital estaba encajada en una tienda de plástico. El hombre apenas ocupaba la mitad del espacio de la cama y en cierto modo parecía una víctima atacada por los aparatos que le rodeaban.

Tenía los ojos entrecerrados e inmóviles. La mayor parte de su cuerpo estaba expuesta. Le habían colocado una toalla para cubrirle los genitales, pero tenía las piernas y el torso al descubierto. El lado derecho del abdomen y la cadera estaban cubier-

171

tos de quemaduras térmicas. Su mano derecha exhibía las mismas quemaduras: dolorosos anillos rojos rodeados de erupciones violáceas y húmedas. Le habían aplicado algún tipo de gel claro por encima de las quemaduras, pero no parecía estar sirviendo de mucho.

—¿Dónde está todo el mundo? —preguntó Bosch.

—Harry, no te acerques —le advirtió Walling—. No está consciente, así que retrocedamos y hablemos con el médico antes de hacer nada.

Bosch señaló las quemaduras del paciente.

—¿Esto puede ser por el cesio? —preguntó—. ¿Puede actuar tan deprisa?

—Por exposición directa a una cantidad grande sí. Depende de cuánto durara la exposición. Este tipo parece que llevó el material en el bolsillo.

—¿Se parece a Moby o El-Fayed?

—No, no se parece a ninguno de los dos. Vamos.

Walling volvió a pasar al otro lado de la cortina y Bosch la siguió. Rachel ordenó al vigilante de seguridad que fuera a buscar al médico de Urgencias que estaba tratando al hombre. Abrió el teléfono y pulsó un único botón. La llamada fue respondida de inmediato.

—Positivo —dijo Walling—. Tenemos una exposición directa. Necesitamos montar un puesto de mando y un protocolo de contención.

Walling escuchó y a continuación respondió una pregunta.

—No, ninguno de los dos. Todavía no tengo una identificación. Llamaré en cuanto la tenga. —Cerró el teléfono y miró a Bosch—. El equipo de radiación llegará en diez minutos. Yo dirigiré el puesto de mando.

Una mujer con uniforme azul de hospital se les acercó con una tablilla con sujetapapeles.

—Soy la doctora Garner. Han de permanecer alejados de ese paciente hasta que sepamos mejor qué le ha ocurrido.

Bosch y Walling mostraron sus credenciales.

—¿Qué puede decirnos? —preguntó Walling.

—No mucho en este momento. Está en pleno síndrome prodrómico, los primeros síntomas de la exposición. El problema es que no sabemos a qué estuvo expuesto ni durante cuánto tiempo. No disponemos de cuenta gris y sin ella no tenemos un protocolo de tratamiento específico. Estamos improvisando.

—¿Cuáles son los síntomas? —preguntó Walling.

—Bueno, ya han visto las quemaduras. Ése es el menor de los problemas. El daño es interno. Su sistema inmune está colapsado y ha perdido la mayor parte del revestimiento del estómago. Su tracto gastrointestinal está destrozado. Lo estabilizamos, pero no tenemos muchas esperanzas. El estrés lo ha llevado a una parada cardiaca, y tuvimos al equipo azul aquí hace quince minutos.

—¿Cuánto tiempo pasa desde la exposición y el inicio de este síndrome pródico? —le preguntó Bosch.

—Prodrómico. Puede ocurrir al cabo de una hora de la primera exposición.

Bosch miró al hombre que yacía bajo el toldo de plástico. Recordó la frase que había usado el capitán Hadley cuando Samir se estaba muriendo en el suelo de su sala de plegarias. «Está bordeando el desagüe.» Sabía que aquel hombre del hospital también estaba bordeando el desagüe.

—¿Puede contarnos algo respecto a quién es y dónde lo encontraron? —preguntó Bosch a la doctora.

—Tendrá que hablar con los de la ambulancia para saber dónde lo encontraron —respondió Garner—. No tenía tiempo para meterme en eso y lo único que he oído es que lo encontraron en la calle. Se había desmayado. Y por lo que sé es...

Ella levantó la tablilla con pisapapeles y leyó la hoja superior.

—Aquí consta como Digoberto Gonzalves, de cuarenta y un años. No hay domicilio. Es lo único que sé ahora mismo.

173

Walling se apartó, sacando otra vez el teléfono. Bosch sabía que iba a informar del nombre para que lo comprobaran en las bases de datos de terrorismo.

—¿Dónde está su ropa? —preguntó Bosch a la doctora—. ¿Dónde está su billetera?

—Su ropa y todas sus posesiones se sacaron de Urgencias por precaución.

—¿Alguien lo ha mirado?

—No, señor. Nadie iba a arriesgarse a eso.

—¿Adónde se llevaron todo?

—Tendrá que solicitar esa información al equipo de enfermeras.

Señaló un puesto de enfermeras que estaba en el centro de la zona de tratamiento. Bosch se dirigió hacia allí. La enfermera de la mesa le dijo que habían puesto todas las pertenencias del paciente en un contenedor de residuos médicos y lo habían llevado al incinerador. No estaba claro si la actuación respondía al protocolo hospitalario para tratar con casos de contaminación o era producto de puro miedo a los factores desconocidos relacionados con Gonzalves.

—¿Dónde está el incinerador?

En lugar de darle instrucciones, la enfermera llamó al vigilante de seguridad y le pidió que llevara a Bosch a la sala del incinerador. Antes de que se pusiera en marcha, Walling lo llamó.

—Coge esto —dijo, entregándole un monitor de alerta de radiación que se había sacado del cinturón—. Y recuerda, tenemos un equipo de radiación en camino. No te arriesgues. Si eso salta, retrocede. Lo digo en serio. Retrocede.

—Entendido.

Bosch se puso el monitor de alerta en el bolsillo. Él y el vigilante se dirigieron rápidamente por un pasillo y bajaron por una escalera. En el sótano, enfilaron otro pasillo que parecía recorrer al menos una manzana de longitud hasta el otro lado del edificio.

Cuando llegaron a la sala del incinerador, el espacio estaba vacío y no parecía que se estuviera llevando a cabo ninguna incineración de residuos. Había un bidón de un metro de alto en el suelo. La tapa estaba cerrada con una cinta en la cual se leía: PRECAUCIÓN: RESIDUOS PELIGROSOS.

Bosch sacó su llavero, donde tenía una navajita. Se agachó junto al bote y cortó la cinta de seguridad. Con el rabillo del ojo vio que el vigilante de seguridad retrocedía.

—Quizá debería esperar fuera —dijo Bosch—. No hay necesidad de que los dos...

Oyó que la puerta se cerraba detrás de él antes de terminar la frase.

Miró el bidón, cogió aire y levantó la tapa. La ropa de Digoberto Gonzalves había sido arrojada sin orden ni concierto en el contenedor. Había un par de botas de trabajo encima de una arrugada camisa azul de trabajo.

Bosch cogió el monitor que le había dado Walling y lo pasó como una varita mágica por encima del bidón abierto. El monitor permaneció en silencio. Bosch dejó escapar el aliento. A continuación, con la misma naturalidad que si vaciara una papelera en casa, puso el bidón boca abajo y vació su contenido en el suelo de cemento. Hizo rodar el bidón hacia un lado y movió el monitor en un patrón circular por encima de la ropa. No sonó la alarma.

A Gonzalves le habían quitado la ropa cortándola con tijeras. Había un par de tejanos sucios, una camisa de trabajo, una camiseta, calzoncillos y calcetines. Vio también un par de botas de trabajo con los cordones cortados también con tijeras. Tirada en el suelo, en medio de la ropa, había una pequeña cartera negra.

Bosch empezó con la ropa. En el bolsillo de la camisa de trabajo había un bolígrafo y un manómetro. Encontró guantes de trabajo sobresaliendo de uno de los bolsillos traseros y luego sacó un juego de llaves y un teléfono móvil del bolsillo delante-

175

ro izquierdo. Pensó en las quemaduras que había visto en la cadera y la mano derecha de Gonzalves. Sin embargo, cuando abrió el bolsillo delantero derecho de los tejanos, no había cesio. El bolsillo estaba vacío.

Bosch dejó el móvil y las llaves junto a la cartera y estudió lo que tenía. Vio la insignia de Toyota en una de las llaves. Al menos sabía que un vehículo formaba parte de la ecuación. Abrió el teléfono y trató de encontrar el directorio de llamadas, pero no lo consiguió. Lo dejó de lado y abrió la cartera.

No había gran cosa. La cartera contenía una licencia de conducir mexicana con el nombre y la foto de Digoberto Gonzalves. Era de Oaxaca. Había fotos de una mujer y tres niños pequeños que Bosch supuso que había dejado atrás en México. No había *green card* ni ningún otro documento de ciudadanía. Tampoco había tarjetas de crédito, y en la sección de billetes sólo había seis dólares junto con varios recibos de tiendas de empeño situadas en el valle de San Fernando.

Bosch dejó la cartera al lado del teléfono, se levantó y cogió su propio móvil. Revisó el directorio hasta que encontró el número de Walling.

Respondió inmediatamente.

—He mirado su ropa. No hay cesio.

No hubo respuesta.

—Rachel, ¿has...?

—Sí, lo he oído. Sólo deseaba que lo hubieras encontrado, Harry. Quería que hubiera terminado.

—Yo también. ¿Ha surgido algo del nombre?

—¿Qué nombre?

—Gonzalves. ¿Lo has comprobado, no?

—Ah, claro, sí. No, nada. Y quiero decir nada, ni siquiera un carnet de conducir. Creo que debe de ser un alias.

—Tengo aquí un carnet de conducir mexicano. Creo que el tipo es ilegal.

Walling reflexionó antes de responder.

—Bueno, creo que Nassar y El-Fayed llegaron a través de la frontera mexicana. Quizás ésa es la conexión. Quizás el tipo estaba trabajando con ellos.

—No lo sé, Rachel. Tengo aquí ropa de trabajo. Botas de trabajo. Creo que este tipo…

—Harry, he de colgar. Mi equipo está aquí.

—Muy bien. Vuelvo para allá.

Bosch reunió la ropa y las botas y volvió a ponerlo todo en el bidón. Dejó la cartera, las llaves y el móvil encima de la ropa y se llevó el bidón consigo. En el largo pasillo que llevaba a la escalera, sacó el teléfono y llamó al centro de comunicaciones de la ciudad. Solicitó los detalles de la llamada a la ambulancia que había llevado a Gonzalves al Queen of Angels y lo pusieron en espera.

Subió todas las escaleras y llegó a la sala de Urgencias antes de que el operador volviera al aparato.

—La llamada que ha pedido se recibió a las diez cero cinco de un teléfono registrado a nombre de Easy Print en el número 930 de Cahuenga Boulevard. Hombre caído en el aparcamiento. Enviaron una ambulancia desde la estación 54 del Departamento de Bomberos. Tiempo de respuesta 6 minutos 19 segundos. ¿Algo más?

—¿Cuál es el cruce más cercano?

Al cabo de un momento, el operador le comunicó que el cruce de la calle estaba en Lankershim Boulevard. Bosch le dio las gracias y colgó.

La dirección donde se derrumbó Gonzalves no estaba lejos del mirador de Mulholland. Bosch se dio cuenta que casi todas las ubicaciones relacionadas con el caso hasta entonces —desde el lugar del crimen a la casa de la víctima, el domicilio de Ramin Samir y ahora el lugar donde se había derrumbado Gonzalves— cabían en una misma página del plano de Thomas Brothers. Los casos de homicidio normalmente lo arrastraban por todo el plano de Los Ángeles, pero ése no tenía vocación viajera.

Bosch miró a su alrededor por la sala de Urgencias. Se fijó en que toda la gente que antes abarrotaba la sala de espera ya no estaba. Habían llevado a cabo una evacuación y los agentes ataviados con equipo de protección se movían por la zona con monitores de radiación. Localizó a Rachel Walling junto al puesto de enfermeras y se acercó a ella. Levantó el bidón.

—Aquí están las pertenencias del tipo.

Walling cogió el bidón y lo dejó en el suelo, luego llamó a uno de los hombres con equipo de protección y le pidió que se ocupara de él. Volvió a mirar a Bosch.

—Hay un teléfono móvil —le dijo Bosch a Walling—. Tal vez puedan sacar algo.

—Se lo diré.

—¿Cómo está la víctima?

—¿Víctima?

—Tanto si está implicado en el caso como si no, sigue siendo una víctima.

—Si tú lo dices… Sigue inconsciente. No sé si alguna vez tendremos ocasión de hablar con él.

—Entonces me voy.

—¿Qué? ¿Adónde? Voy contigo.

—Pensaba que dirigías el puesto de mando.

—Lo he delegado. Si no hay cesio, no me quedo. Te acompañaré. Deja que diga a la gente que me voy a seguir una pista.

Bosch vaciló, aunque en el fondo sabía que quería a Rachel Walling con él.

—Te esperaré en la puerta con el coche.

—¿Adónde vamos?

—No sé si Digoberto Gonzalves es terrorista o sólo una víctima, pero sé una cosa: conduce un Toyota. Y creo que sé dónde encontrarlo.

$\mathcal{H}$arry Bosch sabía que la física del tráfico no funcionaría a su favor en el paso de Cahuenga. La autovía de Hollywood siempre avanzaba con lentitud en ambos sentidos a través del cuello de botella creado por la brecha en la cadena montañosa. Bosch decidió permanecer en las calles de superficie y tomar Highland Avenue, más allá del Hollywood Bowl, y subir hacia el paso. Informó a Rachel Walling por el camino.

—La llamada a la ambulancia se recibió desde una imprenta en Cahuenga, cerca de Lankershim. Gonzalves debía de estar en la zona cuando se derrumbó. La llamada inicial informó de un hombre caído en el aparcamiento. Cuento con que el Toyota que estaba conduciendo estuviera allí. Apuesto a que si lo encontramos, encontraremos el cesio. El misterio es por qué lo tenía.

—Y por qué fue lo bastante tonto para dejarlo desprotegido en su bolsillo —añadió Walling.

—Te basas en que él sabía lo que tenía. Quizá no lo sabía. Quizás esto no es lo que creemos que es.

—Hay una conexión, Bosch, entre Gonzalves y Nassar y El-Fayed. Tuvo que pasarlos por la frontera.

Bosch casi sonrió. Sabía que ella había usado su apellido como nota cariñosa. Recordó cómo solía usarlo.

—Y no te olvides de Ramin Samir —dijo.

Walling negó con la cabeza.

—Sigo pensando que es una pista falsa —dijo ella—, un desvío.

—Y buena —respondió Bosch—. Ha sacado de escena al capitán Done Badly.

Ella rio.

—¿Es así como lo llaman?

Bosch asintió.

—No delante de él, claro.

—¿Y a ti cómo te llaman? Algo duro y cabezón, seguro.

La miró y se encogió de hombros. Pensó en decirle que su apodo en Vietnam era Hari Kari, pero eso requeriría una explicación posterior y no era ni el lugar ni el momento apropiado.

Cogió la rampa para acceder a Cahuenga desde Highland. Cahuenga Boulevard discurría en paralelo a la autovía y en cuanto miró vio que había acertado. La autovía estaba colapsada en ambos sentidos.

180 —¿Sabes?, todavía tengo tu número en mi directorio del móvil —dijo—. Supongo que no quiero borrarlo.

—Me lo estuve preguntando cuando me dejaste ese mensaje amenazante respecto a la ceniza del cigarrillo.

—No esperaba que guardaras el mío, Rachel.

Ella hizo una pausa antes de decir:

—Creo que también estás todavía en mi móvil, Harry.

Esta vez tuvo que sonreír, aunque ella había vuelto a llamarlo Harry. «Al fin y al cabo, hay esperanza», pensó.

Se estaban acercando a Lankershim Boulevard. A la derecha la calle descendía a un túnel que pasaba por debajo de la autovía. A la izquierda terminaba en un centro comercial que incluía la franquicia de Easy Print desde la cual se había originado la llamada a Urgencias. Bosch escrutó los vehículos del pequeño aparcamiento, buscando un Toyota.

Se situó en el carril de giro y esperó la ocasión para doblar a la izquierda y meterse en el aparcamiento. Se movió en su asiento y estudió el aparcamiento a ambos lados de Cahuenga.

En el primer examen no localizó ningún Toyota, pero sabía que la marca fabricaba muchos modelos diferentes de coches y furgonetas. Si no encontraban el coche en el aparcamiento de la imprenta, tendrían que buscar entre los vehículos aparcados junto a la acera.

—¿Tienes una matrícula o descripción? —preguntó Walling—. ¿Y color?

—No, no y no.

Bosch recordó entonces que Walling tenía la costumbre de hacer varias preguntas a la vez.

Giró en ámbar y se metió en el aparcamiento. No había plazas disponibles, pero no estaba interesado en aparcar. Circuló con lentitud, verificando cada coche. No había ningún Toyota.

—¿Dónde hay un Toyota cuando lo necesitas? —dijo—. Ha de estar en esta zona en algún sitio.

—Quizá deberíamos mirar en la calle —propuso Walling.

Bosch hizo un gesto de asentimiento y metió el morro del coche en el callejón del fondo del aparcamiento. Iba a girar a la izquierda para dar la vuelta y volver a la calle, pero cuando miró para comprobar que no venía nadie por la derecha vio una vieja camioneta blanca con una lona aparcada a mitad de manzana del callejón, junto a un contenedor de basura verde. La camioneta estaba de cara a ellos y no sabía de qué marca era.

—¿Es una Toyota? —preguntó.

Walling se volvió a mirar.

—Bosch, eres un genio —exclamó.

Bosch giró para dirigirse a la camioneta y al acercarse vio que realmente era de la marca Toyota. Walling también lo comprobó y sacó su teléfono, pero Bosch se estiró y puso la mano en él.

—Comprobemos antes esto. Podría equivocarme.

—No, Bosch, vas lanzado.

De todos modos, ella apartó el teléfono. Bosch pasó lentamente junto a la camioneta para echar un vistazo. Luego dio la vuelta al final de la manzana y volvió, deteniendo el coche a tres

181

metros del furgón. No había placa en la parte de atrás y en su lugar habían puesto un cartón que rezaba: «Matrícula perdida».

Lamentó no haber traído las llaves que había encontrado en el bolsillo de Digoberto Gonzalves. Salieron y se acercaron a la camioneta, uno por cada lado. Bosch se fijó en que la ventanilla trasera había quedado abierta cinco centímetros. Se estiró y la levantó del todo. Una bisagra de presión la mantuvo abierta. Bosch se acercó para mirar en el interior. Estaba oscuro, porque la camioneta se encontraba aparcada a la sombra y tenía las ventanillas tintadas.

—Harry, ¿tienes ese monitor?

Bosch sacó del bolsillo el monitor de radiación de Rachel y lo sostuvo en la mano al inclinarse en la oscuridad de la zona de carga de la camioneta. No sonó ninguna alarma. Bosch retrocedió, se enganchó el monitor al cinturón y metió el cuerpo para acceder a la palanca que abría el portón trasero del vehículo.

182

En la parte de atrás de la camioneta se apilaba la basura. Había envases vacíos y latas por todas partes, una silla de oficina de cuero con una pata rota, trozos de aluminio, una fuente de agua vieja y otros restos. Y allí, junto al hueco de la rueda del lado derecho, había un contenedor de plomo gris que parecía un pequeño cubo de fregar sobre ruedas.

—Ahí —dijo—. ¿Es eso el cerdo?

—Creo que sí —dijo Walling con entusiasmo—. ¡Creo que sí!

No había adhesivo de advertencia ni símbolo de alerta de radiación. Lo habían arrancado. Bosch se inclinó en la camioneta y lo agarró por las asas. Lo separó de los restos que lo rodeaban y lo arrastró hasta la parte de atrás. La parte superior tenía cuatro grapas de cierre.

—¿Lo abrimos y nos aseguramos de que el material está dentro? —preguntó.

—No —dijo Walling—. Retrocedemos y llamamos al equipo. Ellos tienen protección.

Walling sacó otra vez el teléfono. Mientras ella llamaba al equipo de radiación y solicitaba refuerzos, Bosch fue a la parte delantera de la camioneta. Miró el interior de la cabina a través de la ventanilla. Encontró un burrito a medio comer en una bolsa marrón aplastada en la consola central, y vio más trastos en el lado del pasajero. Se fijó en una cámara que estaba en un maletín viejo y con un asa rota en el asiento del pasajero. No parecía rota o sucia, sino completamente nueva.

Probó a abrir la puerta y vio que no estaba cerrada con llave. Aparentemente, Gonzalves se había olvidado de su camioneta y sus posesiones cuando el cesio empezó a quemarle el organismo. Había salido y se había tambaleado hacia el aparcamiento para buscar ayuda, dejando todo atrás y sin cerrar.

Bosch abrió la puerta del conductor y metió la mano con el monitor de radiación. No ocurrió nada. Ninguna alerta. Se apartó, volvió a colocarse el monitor en su cinturón y se acercó a su coche. Sacó de la guantera un par de guantes de látex y se los puso mientras oía que Walling explicaba a alguien que habían encontrado el cerdo.

—No, no lo hemos abierto —dijo—. ¿Quieres que lo hagamos?

La agente escuchó antes de responder.

—Vale. Que lleguen aquí lo antes posible y quizás esto podrá terminar.

Bosch se inclinó en el camión desde la puerta del conductor y cogió la cámara. Era una Nikon digital. Recordó que la brigada científica había encontrado la tapa de una lente debajo de la cama de matrimonio en la casa de los Kent y habían dicho que pertenecía a una Nikon. Pensó que estaba sosteniendo la cámara con la que habían hecho la fotografía de Alicia Kent. La encendió y, por una vez, supo lo que estaba haciendo con un artefacto electrónico. Tenía una cámara digital que siempre se llevaba cuando iba a Hong Kong a visitar a su hija, y que compró cuando llevó a ésta al Disneyland de China.

183

Su cámara no era una Nikon, pero rápidamente logró determinar que el aparato que acababa de encontrar no tenía fotos, porque habían quitado la tarjeta de memoria.

Bosch dejó la cámara y empezó a buscar entre las cosas apiladas en el asiento del pasajero. Había un maletín roto, una fiambrera infantil, un manual de un ordenador Apple y un atizador de chimenea. Nada relacionado y nada que le interesara. Se fijó en un palo de golf y un póster enrollado en el suelo delante del asiento.

Apartó la bolsa de papel y el burrito y apoyó el codo en el reposabrazos que había entre los asientos para poder estirarse por encima y abrir la guantera. Y allí, en el espacio por lo demás vacío, había una pistola. Bosch la cogió y la giró en su mano. Era un revólver Smith & Wesson calibre 22.

—Creo que tenemos aquí el arma homicida —dijo en voz alta.

184 No obtuvo respuesta de Walling, que seguía al teléfono detrás de la camioneta, dando órdenes animadamente.

Bosch devolvió la pistola a la guantera y la cerró, decidiendo dejar el arma en su lugar para el equipo forense. Se fijó otra vez en el póster enrollado y decidió echarle un vistazo por mera curiosidad. Apoyando el codo en el reposabrazos central, lo desenrolló por encima de la basura del asiento del pasajero. Era un gráfico que describía doce posturas de yoga.

Bosch inmediatamente pensó en el espacio decolorado en la pared que había visto en el gimnasio de la casa de los Kent. No estaba seguro, pero creía que las dimensiones del póster podrían encajar con aquel espacio en la pared. Rápidamente volvió a enrollar el póster y empezó a retroceder de la cabina para mostrarle el hallazgo a Walling.

Sin embargo, al retroceder se dio cuenta de que el espacio del apoyabrazos entre los asientos era un compartimento de almacenaje. Se detuvo y lo abrió.

Se quedó de piedra. Había un posavasos y, en él, unas capsulas de acero que parecían balas, aunque planas por ambos lados. El acero estaba tan pulido que semejaba plata; incluso podría haberse confundido con plata.

Bosch movió el monitor de radiación por encima de las cápsulas en un patrón circular. No sonó ninguna alarma. Giró el dispositivo que tenía en la mano y lo miró. Vio un pequeño interruptor en el costado y lo empujó con el pulgar. Una alarma sonora se disparó de repente; la frecuencia de los tonos era tan rápida que sonaba como una sirena larga y estridente.

Bosch saltó hacia atrás y cerró de golpe la puerta de la camioneta. El póster cayó al suelo.

—¡Harry! —gritó Walling—. ¿Qué…?

Walling corrió hacia él, cerrando el teléfono en su cadera. Bosch volvió a pulsar otra vez el interruptor y apagó el monitor.

—¿Qué pasa? —gritó ella.

Bosch señaló la puerta de la camioneta.

—La pistola está en la guantera y el cesio en el compartimento central.

—¿Qué?

—El cesio está en el compartimento debajo del apoyabrazos. Sacó las cápsulas del cerdo, por eso no estaban en su bolsillo. Estaban en el reposabrazos central.

Harry se tocó la cadera derecha, el lugar donde Gonzalves se había quemado por la radiación. El mismo lugar habría estado junto al reposabrazos si él hubiera estado sentado en el asiento del conductor.

Rachel no dijo nada durante varios segundos. Se limitó a mirarle a la cara.

—¿Estás bien? —preguntó finalmente.

Bosch casi se rio.

—No lo sé —dijo—. Pregúntamelo dentro de diez años.

Walling vaciló, como si supiera algo pero no quisiera compartirlo.

—¿Qué? —preguntó Bosch.

185

—Nada, pero deberías revisarte.

—¿Qué van a poder hacerme? Mira, no he estado tanto tiempo en la camioneta, a diferencia de Gonzalves, que estuvo sentado al lado; prácticamente lo estaba mordiendo.

Walling no respondió. Bosch le pasó el monitor.

—No estaba encendido. Pensaba que estaba encendido cuando me lo diste.

Ella lo cogió y lo miró.

—Yo también lo pensaba.

Bosch pensó en cómo había llevado el monitor en el bolsillo en lugar de enganchado a su cinturón. Probablemente lo había apagado inadvertidamente cuando lo había metido y sacado del bolsillo dos veces. Miró la camioneta y se preguntó si acababa de herirse o matarse él mismo.

—Necesito un trago de agua —dijo—. Tengo una botella en el maletero.

186   Bosch caminó hasta la parte de atrás de su coche. Usando la puerta abierta del maletero para esconderse de Walling, apoyó las manos en el parachoques y trató de descifrar los mensajes que su cuerpo le enviaba a su cerebro. Sintió que le ocurría algo, pero no sabía si le estaba sucediendo físicamente o si los temblores eran una respuesta emocional a lo que acababa de ocurrir. Recordó lo que la doctora de Urgencias había dicho sobre Gonzalves y cómo el daño más grave era interno. ¿Y si su propio sistema inmunitario se estaba colapsando? ¿Estaba bordeando el desagüe? De repente pensó en su hija, tuvo una visión de ella la última vez que la vio.

Maldijo en voz alta.

—¿Harry?

Bosch miró en torno a la puerta del maletero. Rachel estaba caminando hacia él.

—Los equipos están en camino. Llegarán en cinco minutos. ¿Cómo te sientes?

—Creo que estoy bien.

—Bien. He hablado con el jefe del equipo. Cree que la exposición ha sido demasiado corta para que sea algo grave, pero igualmente deberías ir a Urgencias a que te revisen.

Bosch metió la mano en el maletero y sacó una botella de agua de litro. Era una botella de emergencia que guardaba para vigilancias que se prolongaban más de lo esperado. La abrió y dio dos largos tragos. El agua no estaba fría, pero resultaba agradable tragarla. Tenía la garganta seca.

Bosch cerró la botella y volvió a ponerla en su sitio. Rodeó el coche hasta Walling. Al caminar hacia ella miró por encima de su hombro hacia el sur. Se dio cuenta de que el callejón se extendía varias manzanas por la parte de atrás del Easy Print y pasaba por detrás de distintos locales y oficinas de Cahuenga hasta Barham.

A lo largo del callejón, aproximadamente cada veinte metros, había contenedores verdes colocados en perpendicular a las fachadas traseras. Bosch se dio cuenta de que los habían sacado de los espacios entre los edificios. Igual que en Silver Lake, era un día de recogida y los contenedores esperaban la llegada de los camiones del ayuntamiento.

De repente lo comprendió todo. Era como la fusión: dos elementos que se unían para crear algo nuevo. Lo que le inquietaba de las fotos de la escena del crimen, el póster de yoga, todo. Los rayos gamma le habían atravesado, pero le habían dejado iluminado. Lo supo. Lo comprendió.

—Es un carroñero.

—¿Quién?

—Digoberto Gonzalves —dijo Bosch, mirando por el callejón—. Es día de recogida. Han sacado los contenedores para los camiones del ayuntamiento. Gonzalves es un carroñero, busca en los contenedores y sabía que estarían allí y que sería un buen momento para venir aquí. —Miró a Walling antes de completar su idea—. Y también lo sabía alguien más.

—¿Quieres decir que el cesio estaba en un contenedor?

187

Bosch asintió y señaló al callejón.

—Allí al final está Barham. Barham te lleva a Lake Hollywood. Lake Hollywood te lleva al mirador. Este caso nunca sale de una página del plano.

Walling se acercó y se quedó de pie delante de él, bloqueándole la vista. Bosch oyó sirenas en la distancia.

—¿Qué estás diciendo? ¿Que Nassar y El-Fayed robaron el cesio y lo tiraron en un contenedor al pie de la colina? ¿Luego vino este carroñero y lo encontró?

—Estoy diciendo que hemos recuperado el cesio, así que volvamos a mirar esto como un homicidio. Bajas del mirador y puedes llegar a ese callejón en cinco minutos.

—¿Y? ¿Robaron el cesio y mataron a Kent sólo para poder bajar aquí y tirarlo? ¿Es eso lo que estás diciendo? ¿O estás diciendo que renunciaron a todo? ¿Por qué harían eso? Vamos a ver, ¿tiene algún sentido? No me imagino a esa gente asustándose fácilmente.

Bosch se dio cuenta de que había formulado seis preguntas a la vez, posiblemente un nuevo récord.

—Nassar y El-Fayed nunca estuvieron cerca del cesio —dijo—. Eso es lo que estoy diciendo.

Se acercó a la camioneta y recogió del suelo el póster enrollado. Se lo dio a Rachel. Las sirenas estaban sonando con más fuerzas.

Ella desenrolló el póster y lo miró.

—¿Qué es? ¿Qué significa?

Bosch lo cogió y empezó a enrollarlo de nuevo.

—Gonzalves lo encontró en el mismo contenedor en el que encontró la pistola, la cámara y el cerdo de plomo.

—¿Y? ¿Qué significa, Harry?

Dos coches federales aparcaron en el callejón y empezaron a acercarse a ellos, esquivando los contenedores colocados para su recogida. Al acercarse, Bosch vio que el conductor del coche delantero era Jack Brenner.

—¿Me has oído, Harry? ¿Qué...?

De repente, las rodillas de Bosch parecieron ceder y Harry cayó sobre ella, arrojando los brazos en torno al cuerpo de Walling para evitar tocar el suelo.

—¡Bosch!

Ella lo agarró y lo sostuvo.

—Eh... no me siento muy bien —murmuró—. Creo que es mejor... ¿Puedes llevarme a mi coche?

Walling lo ayudó a enderezarse y luego empezó a caminar hacia su coche. Puso un brazo en torno a los hombros de ella. Tras ellos se oyeron portazos al tiempo que salían los agentes.

—¿Dónde están las llaves? —preguntó Walling.

Bosch le entregó el llavero justo cuando Brenner corría hacia ellos.

—¿Qué es? ¿Qué pasa?

—Ha estado expuesto. El cesio está en el centro de la consola central. Tened cuidado. Voy a llevarlo al hospital.

Brenner retrocedió, como si lo que tuviera Bosch fuera contagioso.

—Vale —dijo—. Llámame cuando puedas.

Bosch y Walling siguieron caminando hacia el coche.

—Vamos, Bosch —dijo Walling—. Quédate conmigo. Aguanta y se ocuparán de ti.

Rachel lo había llamado por el apellido otra vez.

18

*E*l coche saltó hacia delante cuando Rachel salió del callejón y se dirigió al sur por Cahuenga.

—Voy a llevarte al Queen of Angels para que la doctora Garner pueda echarte un vistazo —dijo—. Aguanta, Bosch, hazlo por mí.

Harry sabía que esas muestras de cariño de llamarlo por el apellido probablemente terminarían pronto. Señaló el carril de giro a la izquierda que llevaba a Barham Boulevard.

—Olvídate del hospital —dijo—. Llévame a la casa de los Kent.

—¿Qué?

—Me revisarán después. Ve a la casa de los Kent. Gira aquí. ¡Vamos!

Ella se situó en el carril de giro a la izquierda.

—¿Qué está pasando?

—Estoy bien. Me siento bien.

—¿Qué me estás diciendo, que este desmayo era…?

—Tenía que apartarte de la escena del crimen y de Brenner para poder comprobar esto y hablar contigo. Solos.

—¿Comprobar qué? ¿Hablar de qué? ¿Te das cuenta de lo que acabas de hacer? Pensaba que te estaba salvando la vida. Ahora Brenner o uno de nuestros chicos se llevará los laureles por la recuperación del cesio. Muchas gracias, capullo. Era mi escena del crimen.

190

Bosch abrió la chaqueta y sacó el póster enrollado y doblado de yoga.

—No te preocupes por eso —dijo—. Puedes llevarte los laureles por las detenciones. Aunque quizá no lo quieras.

Abrió el póster, dejando que la mitad superior se desdoblara sobre sus rodillas. Sólo estaba interesado en la mitad inferior.

—*Dhanurasana* —dijo.

Walling lo miró a él y luego al póster.

—¿Vas a empezar a decirme qué está pasando?

—Alicia Kent practica yoga. Vi las colchonetas en la sala de ejercicio de la casa.

—Yo también las vi. ¿Y qué?

—¿Viste la decoloración por el sol en la pared donde había habido una foto o un calendario, o quizá un póster, que habían quitado?

—Sí, lo vi.

Bosch sostuvo el póster.

191

—Apuesto a que cuando entremos allí éste encajará perfectamente. Es un póster que Gonzalves encontró con el cesio.

—¿Y qué significará eso, si encaja perfectamente?

—Significará que era casi un crimen perfecto. Alicia Kent conspiró para matar a su marido y, de no ser porque Digoberto Gonzalves encontró las pruebas que tiraron, se habría salido con la suya.

Walling negó con la cabeza desdeñosamente.

—Vamos, Harry. ¿Estás diciendo que conspiró con terroristas internacionales para matar a su marido a cambio del cesio? No puedo creer siquiera que esté haciendo esto. He de volver a la escena del crimen.

Walling empezó a mirar por los retrovisores, preparándose para hacer un giro de ciento ochenta grados. Estaban subiendo por Lake Hollywood Drive y llegarían a la casa en dos minutos.

—No, sigue, ya casi hemos llegado. Alicia Kent conspiró con alguien, pero no era un terrorista; el cesio arrojado a la basura lo demuestra. Tú misma has dicho que no hay modo alguno de que Moby y El-Fayed robaran este material sólo para tirarlo. Entonces, ¿qué te dice eso? No era un robo. Fue un asesinato. El cesio sólo era una pista falsa, igual que Ramin Samir, Moby y El-Fayed. Eran parte del engaño. Este póster ayudará a probarlo.

—¿Cómo?

—*Dhanurasana*, el Arco.

Sostuvo el póster y lo giró para que ella pudiera mirar la postura de yoga de la esquina inferior. Mostraba a una mujer con los brazos detrás de la espalda, sosteniéndose los tobillos y creando un arco con la parte delantera de su cuerpo. Parecía que estuviera atada.

Walling volvió a mirar a la calle serpenteante y luego echó otra larga mirada al póster y la pose.

—Entramos en la casa y vemos si encaja en ese espacio en la pared —dijo Bosch—. Si encaja, significa que Alicia Kent y el asesino lo sacaron de la pared porque no querían arriesgarse a que pudiéramos verlo y relacionarlo con lo que le ocurrió a ella.

—Es un salto, Harry. Un salto largo.

—No cuando lo pones en contexto.

—Lo cual por supuesto tú ya has hecho.

—En cuanto lleguemos a la casa.

—Espero que aún tengas la llave.

—Cuenta con ello.

Walling torció por Arrowhead Drive y pisó el acelerador. Sin embargo, cuando había recorrido una manzana, levantó el pie, redujo y negó con la cabeza.

—Esto es ridículo. Nos dijo el nombre de Moby. No hay ninguna forma de que hubiera sabido que estaba en este país. Y luego en el mirador tu propio testigo dijo que el asesino invocó a Alá al apretar el gatillo. ¿Cómo pudo…?

—Empecemos por ver si encaja el póster en la pared. Si encaja, te lo explicaré todo. Te lo prometo. Si no encaja, entonces dejaré de… incordiarte con esto.

Walling cedió y condujo lo que le quedaba de manzana hasta la casa de los Kent sin decir ni una palabra más. Ya no había ningún coche del FBI delante. Bosch supuso que estarían todos en la escena de la recuperación del cesio.

—Gracias a Dios que no he de tratar con Maxwell otra vez —dijo.

Walling ni siquiera sonrió.

Bosch salió con el póster y la carpeta que contenía las fotos de la escena del crimen. Usó las llaves de Stanley Kent para abrir la puerta de la casa y entraron en el gimnasio. Tomaron posiciones a ambos lados de la marca rectangular descolorida por el sol y Bosch desenrolló el póster. Cada uno cogió una punta. Sostuvieron la parte superior del cartel en la parte superior de la marca. Bosch puso su otra mano en el centro del póster y lo aplastó contra la pared. El póster encajaba a la perfección en la marca; aún más, las marcas de cinta adhesiva de la pared coincidían con las del póster. Para Bosch no cabía ninguna duda: el cartel encontrado por Digoberto Gonzalves en un contenedor cerca de Cahuenga había salido del cuarto de yoga de la casa de Alicia Kent.

Rachel soltó su lado del póster y salió del cuarto.

—Estaré en la sala. No puedo esperar a que me lo expliques.

Bosch enrolló el póster y la siguió. Walling se sentó en la misma silla en la que Bosch había puesto a Maxwell unas horas antes. Él permaneció de pie a su lado.

—Tenían miedo de que el póster los delatara —dijo—. Algún agente o detective listo vería la postura del Arco y empezaría a pensar: esta mujer hace yoga, quizá podría aguantar estar atada así, quizá fue idea suya, quizá lo hizo para vender mejor la pista falsa… así que no podía asumir el riesgo. El póster tenía que desaparecer. Fue a parar al contenedor con el cesio, la pistola y todo el resto de las cosas que usaron, salvo los pasamontañas y el plano falso que colocaron con el coche en la casa de Ramin Samir.

193

—Es una maestra del crimen —dijo Walling con sarcasmo.

Bosch siguió impertérrito. Sabía que la convencería.

—Si envías a tu gente a comprobar esa hilera de contenedores encontraréis el resto, el silenciador hecho con una botella de Coca-Cola, el primer conjunto de bridas, todo...

—¿El primer conjunto de bridas?

—Exacto. Ya llegaré a eso.

Walling continuó sin impresionarse.

—Será mejor que llegues a muchas cosas, porque hay grandes agujeros en esto, tío. ¿Y el nombre Moby? ¿Y la invocación a Alá por el asesino? Qué...

Bosch levantó una mano.

—Espera —dijo—. Necesito agua. Tengo la garganta seca de tanto hablar.

Fue a la cocina, recordando que había visto botellas de agua fría en la nevera al registrar la cocina ese mismo día.

—¿Quieres algo? —dijo en voz alta.

—No —respondió ella—. No es nuestra casa, ¿recuerdas?

Abrió la nevera, sacó una botella de agua y se la bebió mientras permanecía de pie delante de la puerta abierta. El aire frío también le sentó bien. Cerró la puerta, pero la abrió inmediatamente. Había visto algo: en el estante superior había una botella de plástico de zumo de uva. La sacó y la miró, recordando que cuando había visto la bolsa de basura en el garaje había encontrado toallas de papel manchadas con zumo de uva.

Otra pieza del puzzle que encajaba. Volvió a meter la botella en la nevera y regresó a la sala de estar donde Rachel estaba esperando para escuchar la historia. Una vez más, él permaneció de pie.

—A ver, ¿cuándo grabasteis en vídeo al terrorista conocido como Moby en el puerto?

—¿Qué tiene...?

—Por favor, responde la pregunta.

—El 12 de agosto del año pasado.

—Vale, el 12 de agosto. Luego, ¿qué? ¿Corrió algún tipo de alerta por el FBI y Seguridad Nacional?

Walling asintió.

—Pero hubo que esperar —dijo—. Hicieron falta dos meses de análisis de vídeo para confirmar que se trataba de Nassar y El-Fayed. Yo escribí el boletín. Se publicó el 9 de octubre como un avistamiento confirmado en territorio nacional.

—Por curiosidad, ¿por qué no lo hicisteis público?

—Porque tenemos… En realidad, no puedo decírtelo.

—Acabas de hacerlo. Teníais bajo vigilancia a alguien o algún lugar en el que estos dos podrían aparecer. Si lo hacíais público, podrían esconderse y no volver a aparecer más.

—¿Puedo volver a tu historia, por favor?

—Claro. El boletín se publicó el 9 de octubre, y ése fue el día en que empezó el plan para matar a Stanley Kent.

Walling dobló los brazos por encima del pecho y se limitó a mirarlo. Bosch pensó que quizás estaba empezando a ver adónde iba a ir a parar con la historia y no le gustaba.

—Funciona mejor si empiezas por el final y vas hacia atrás —dijo Bosch—. Alicia Kent os dio el nombre de Moby. ¿Cómo pudo haber conocido ese nombre?

—Oyó a uno de ellos llamando al otro por ese nombre.

Bosch negó con la cabeza.

—No, ella os dijo que lo oyó, pero estaba mintiendo, ¿cómo podía conocer el nombre para mentir sobre él? ¿Pura coincidencia que dé el apodo de un tipo cuya presencia en el país, en el condado de Los Ángeles, nada menos, se confirmó seis meses antes? No lo creo, Rachel, y tú tampoco. Las probabilidades de esto no pueden ni calcularse.

—Vale, entonces estás diciendo que alguien del FBI o de otra agencia que recibió el boletín del FBI que yo escribí le dio el nombre.

Bosch asintió y la señaló.

—Exacto. Él le dio el nombre para que pudiera sacarlo a re-

195

lucir cuando fuera interrogada por el maestro interrogador del FBI. Ese nombre, junto con el plan de dejar el coche delante de la casa de Ramin Samir, serviría para poner todo este asunto por el camino equivocado, con el FBI y todos los demás buscando a terroristas que no tenían nada que ver con esto.

—¿Él?

—Estoy llegando a eso. Tienes razón. Cualquiera que viera ese boletín podría haberle dado ese nombre. Mi idea es que podría ser mucha gente (mucha gente sólo en Los Ángeles), así que ¿cómo lo reducimos a uno?

—Dímelo.

Bosch abrió la botella y bebió el resto del agua. Sostuvo la botella vacía en la mano mientras continuaba.

—Lo reduces si continúas yendo hacia atrás. ¿Dónde se cruzó la vida de Alicia Kent con la de una de esas personas de las agencias que sabían de Moby?

Walling torció el gesto y negó con la cabeza.

—Podría haber sido en cualquier sitio con esa clase de parámetros. En la cola del supermercado o cuando estaba comprando fertilizante para sus rosas. En cualquier sitio.

Bosch la tenía justo donde quería.

—Entonces estrechemos los parámetros —dijo—. ¿Dónde se habría cruzado con alguien que sabía de Moby, pero también sabía que su marido tenía acceso a algún tipo de material radiactivo en el que podría estar interesado Moby?

Ahora ella negó con la cabeza de manera desdeñosa.

—En ningún sitio. Haría falta una monumental coincidencia para…

Se detuvo cuando lo comprendió. Fusión. Iluminación. Y asombro al comprender plenamente adónde estaba yendo Bosch.

—Mi compañero y yo visitamos a los Kent para advertirles hace un año. Supongo que estás diciendo que eso me convierte en sospechosa.

Bosch negó con la cabeza.

—Es él, ¿recuerdas? No viniste aquí sola.

Los ojos de Rachel Walling llamearon cuando registró la implicación.

—Eso es ridículo. No hay manera. No puedo creer que...

No terminó porque su memoria se enganchó con algo, algún recuerdo que minó su confianza y lealtad a su compañero. Bosch captó la duda y se acercó.

—¿Qué? —preguntó.

—Nada.

—¿Qué?

—Mira —insistió ella—, sigue mi consejo y no le cuentes a nadie esta teoría tuya. Tienes suerte de habérmela contado a mí primero, porque esto podría hacerte sonar como una especie de chiflado vengativo. No tienes pruebas, móvil, afirmaciones incriminatorias; nada. Sólo tienes esta cosa que has hecho girar de un póster de yoga.

197

—No hay ninguna otra explicación que encaje con los hechos. Y yo te estoy hablando de los hechos del caso, no de que al FBI y a Seguridad Nacional y al resto del gobierno federal le encantaría que esto fuera un acto de terrorismo para poder justificar su existencia y desviar las críticas de otros fracasos. Al contrario de lo que queréis pensar, hay pruebas y hay afirmaciones incriminatorias. Si sometemos a Alicia Kent a un detector de mentiras, descubrirás que todo lo que me dijo a mí, a ti y al maestro interrogador es mentira. La verdadera maestra era Alicia Kent. Maestra de la manipulación.

Rachel se inclinó hacia delante y miró al suelo.

—Gracias, Harry. Resulta que ese maestro interrogador del que te encanta burlarte era yo.

Bosch se quedó un momento boquiabierto antes de hablar.

—Oh..., bueno, lo siento, pero no importa. La cuestión es que es una mentirosa magistral. Mintió respecto a todo y ahora que conocemos la historia será fácil dejarla al descubierto.

MICHAEL CONNELLY

Walling se levantó de su silla y se acercó a la cristalera delantera. Las persianas verticales estaban cerradas, pero las separó con un dedo y miró a la calle. Bosch vio que ella estaba repasando la historia, desmenuzándola.

—¿Y el testigo? —preguntó ella sin volverse—. Oyó que el asesino gritó Alá. ¿Estás diciendo que forma parte de esto? ¿O estás diciendo que ellos sabían que estaba allí y gritaron Alá como parte de esta magistral manipulación?

Ahora Bosch se sentó y suavemente trató de aclararse la garganta. Le ardía y tenía dificultad para hablar.

—No, sobre eso, creo que es sólo una lección de los peligros de oír lo que quieres oír. Me declaro culpable de no ser tampoco yo un maestro interrogador. El chico me contó que oyó que el asesino lo gritaba al apretar el gatillo. Dijo que no estaba seguro, pero le sonó como Alá y eso, por supuesto, encajaba con lo que yo estaba pensando entonces. Oí lo que quise oír.

Walling se apartó de la ventana, volvió a sentarse y plegó los brazos. Bosch se sentó en una silla justo enfrente y continuó.

—Pero ¿cómo sabía el testigo que fue el asesino y no la víctima quién gritó? —preguntó—. Estaba a más de cincuenta metros. Estaba oscuro. ¿Cómo podía saber que no era Stanley Kent gritando su última palabra antes de la ejecución? El nombre de la mujer que amaba y por la que iba a morir, sin saber siquiera que le había traicionado.

—Alicia.

—Exactamente. Alicia seguido de un disparo se convierte en Alá.

Walling relajó los brazos y se inclinó hacia delante. Por lo que respectaba a lenguaje corporal, era una buena señal. Le decía a Bosch que estaba convenciéndola.

—Antes has mencionado el primer juego de bridas —dijo—. ¿De qué estabas hablando?

Bosch asintió y le pasó a ella la carpeta que contenía las fotos de la escena del crimen. Se había guardado lo mejor para el final.

—Míralas —dijo—. ¿Qué ves?

Walling abrió la carpeta y empezó a mirar las fotos. Mostraban el dormitorio principal de la casa de los Kent desde todos los ángulos.

—Es el dormitorio principal —dijo—. ¿Qué me estoy perdiendo?

—Exactamente.

—¿Qué?

—Es lo que no ves. No hay ropa en la foto. Nos dijo que le ordenaron que se quitara la ropa y se metiera en la cama. ¿Qué se supone que hemos de creer, que le dejaron guardar la ropa antes de atarla? ¿Le dejaron que la pusiera en la cesta de la ropa sucia? Mira la última foto. Es la foto del mensaje de correo que recibió Stanley Kent.

Walling miró por la carpeta hasta que encontró la foto del mensaje de correo. Ella la miró con intensidad. Bosch vio el reconocimiento apareciendo en sus ojos.

199

—Ahora, ¿qué ves?

—El albornoz —dijo con excitación—. Cuando la dejamos que se vistiera, fue al armario a coger el albornoz. ¡No había ningún albornoz en el sillón!

Bosch asintió y empezaron a repasar la historia.

—¿Qué nos dice eso? —preguntó Bosch—. ¿Que estos considerados terroristas colgaron el albornoz en el armario después de tomar la foto?

—O que quizá la señora Kent fue atada dos veces y movieron el albornoz entre tanto.

—Y mira otra vez la foto. El reloj de la mesita está desconectado.

—¿Por qué?

—No lo sé, pero quizá no querían preocuparse por tener ninguna impresión de tiempo en la foto. Quizá la primera foto ni siquiera se tomó ayer. Quizá es de hace dos días o dos semanas.

Rachel asintió y Bosch sabía que la había convencido definitivamente.

—La ataron una vez para la foto y luego otra vez para el rescate —dijo.

—Exactamente. Y eso le dio libertad para ayudar con el plan en el mirador. Ella no mató a su marido, pero estaba allí, en el otro coche. Y una vez que Stanley estuvo muerto, tiraron el cesio y aparcaron el coche delante de la casa de Samir, ella y su compañero volvieron a la casa y él la volvió a atar.

—Entonces no se había desmayado cuando llegamos allí. Era una actuación y parte del plan. Y mojar la cama fue un bonito detalle que ayudó a que nos lo tragáramos todo.

—El olor de orina también disimulaba el olor de zumo de uva.

—¿Qué quieres decir?

—Los hematomas en las muñecas y los tobillos. Ahora sabemos que no estuvo atada durante horas, pero aun así tenía moratones. Hay una botella abierta de zumo de uva en la nevera y toallas de papel empapadas con eso en el cubo de basura. Usó el zumo de uva para simular los moratones.

—Oh, Dios mío, no puedo creerlo.

—¿Qué?

—Cuando estuve en la sala de interrogatorios con ella en Táctica. Ese espacio reducido... Me pareció oler a uva en la sala. Pensé que alguien había estado allí antes que nosotros y había estado bebiendo zumo de uva. ¡Lo olí!

—Ahí está.

Ya no había duda. Bosch la había convencido. Pero entonces la sombra de preocupación y duda apareció en la cara de Walling como una nube de verano.

—¿Y el móvil? —preguntó ella—. Estamos hablando de un agente federal. Para actuar sobre esto necesitamos todo, incluso un móvil. No podemos dejar nada al azar.

Bosch estaba preparado para la pregunta.

—Viste el motivo. Alicia Kent es una mujer hermosa. Jack Brenner la quería y Stanley Kent estaba en medio.

Los ojos de Walling se abrieron de asombro. Bosch insistió con su tesis.

—Ése es el móvil, Rachel. Tú…

—Pero él…

—Déjame acabar. Funciona así: tú y tu compañero aparecéis aquí el año pasado para advertir a los Kent de su ocupación. Algún tipo de vibración se intercambia entre Alicia y Jack. Él se interesa, ella se interesa. Quedan para tomar café o una copa y una cosa lleva a la otra. Empieza una aventura, y dura. Y luego se prolonga hasta el punto de hacer algo. Dejar al marido, o deshacerse de él porque hay un seguro y media compañía en juego. Eso es suficiente motivo, Rachel, y de eso trataba el caso. No se trata de cesio ni de terrorismo ni de ninguna otra cosa. Es la ecuación básica: sexo y dinero igual a asesinato. Nada más.

Walling frunció el ceño y negó con la cabeza.

201

—No sabes de qué estás hablando. Jack Brenner está casado y tiene tres hijos; por eso lo quería de compañero. Es estable, aburrido y no interesado. No era…

—Todos los hombres están interesados. No importa que estén casados ni cuántos hijos tengan.

Ella habló lentamente.

—¿Puedes escuchar ahora y dejarme hablar a mí? Te equivocas con Brenner. No conocía a Alicia Kent antes de esto. No era mi compañero cuando llegué el año pasado y nunca te he dicho que lo fuera.

Bosch se sintió sobresaltado por la noticia. Había supuesto que su actual compañero lo era también el año anterior. Había tenido la imagen de Brenner cargada en su mente mientras relataba la historia.

—Entonces, ¿quién era tu compañero el año pasado? —preguntó.

—Cambié de compañero y me uní con Jack al empezar el

año. Básicamente, estaba cansada de que el otro me acosara. Quería seguir adelante.

—¿Quién era, Rachel?

Ella le sostuvo la mirada un buen rato.

—Era Cliff Maxwell.

19

$\mathcal{H}$arry Bosch casi rio, pero estaba demasiado asombrado para hacer nada salvo negar con la cabeza. Rachel Walling le estaba diciendo que Cliff Maxwell era el cómplice de Alicia Kent en el asesinato.

—No puedo creerlo —dijo finalmente—. Hace cuatro horas he tenido al asesino esposado en el suelo aquí mismo.

Rachel parecía mortificada al darse cuenta de que el asesinato de Stanley Kent era un trabajo interno y que el robo del cesio no era nada más que una maniobra de distracción muy bien concebida.

—¿Ahora ves el resto? —preguntó Bosch—. ¿Sabes cómo lo pensaban hacer? El marido está muerto y Cliff empieza a venir por compasión y porque está en el caso. Empiezan a salir, se enamoran y nadie levanta una ceja. Todavía están intentando buscar a Moby y El-Fayed.

—¿Y si alguna vez cogemos a esos tipos? —dijo Walling, retomando la historia—. Podrían negar ser parte de esto hasta que Osama bin Laden se muera de viejo en una cueva, pero ¿quién iba a creerles? No hay nada más ingenioso que involucrar a terroristas en un crimen que no cometieron. No pueden defenderse.

Bosch asintió.

—Un crimen perfecto —dijo—. La única razón de que saltara es que Digoberto Gonzalves vio ese contenedor. Sin él todavía estaríamos persiguiendo a Moby y El-Fayed, pensando que usaron la casa de Samir como piso franco.

—Entonces, ¿qué hacemos ahora, Bosch?

Bosch se encogió de hombros, pero enseguida respondió:

—Diría que montemos una ratonera clásica. Los ponemos en dos salas, hacemos sonar la campana y les decimos que el primero en hablar se queda con el trato. Yo apostaría por Alicia. Se quebrará y lo entregará, probablemente lo culpará de todo, dirá que ella estaba actuando bajo su influencia y control.

—Algo me dice que tienes razón. Y la verdad es que no creo que Maxwell sea lo bastante listo para concebir esto. Trabajé con... —Su móvil empezó a sonar. Ella lo sacó del bolsillo y miró la pantalla—. Es Jack.

—Averigua dónde está Maxwell.

Walling contestó la llamada y primero respondió algunas preguntas respecto al estado de Bosch, diciéndole a Brenner que estaba bien, pero que se estaba quedando afónico por el dolor de garganta. Bosch se levantó a buscar otra botella de agua, pero escuchó desde la cocina. Walling, como si tal cosa, llevó la conversación hacia Maxwell.

—Eh, por cierto, ¿dónde está Cliff? Quería hablar con él por ese asunto con Bosch en el pasillo. No me gustó lo que...

Walling se calló y escuchó la respuesta, y Bosch vio que los ojos de la agente inmediatamente se ponían alerta. Algo iba mal.

—¿Cuándo ha sido eso? —preguntó ella.

Walling escuchó otra vez y se levantó.

—Escucha, Jack, he de colgar. Creo que están a punto de dar de alta a Bosch. Te llamaré en cuanto termine aquí. —Cerró el teléfono y miró a Bosch.

—¿Qué ha dicho?

—Ha dicho que había demasiados agentes en la escena de recuperación del cesio. Han venido casi todos los del centro y estaban esperando al equipo de radiación. Así que Maxwell se presentó voluntario para recoger al testigo en el Mark Twain. Nadie había llegado allí, porque yo desvié al equipo de recogida original.

—¿Iba solo?

—Eso es lo que ha dicho Jack.

—¿Hace cuánto tiempo?

—Media hora.

—Va a matarlo.

Bosch empezó a dirigirse rápidamente hacia la puerta.

*E*sta vez condujo Bosch. De camino a Hollywood le contó a Walling que Jesse Mitford no tenía teléfono en la habitación; el hotel Mark Twain no era gran cosa en cuanto a servicios. En cambio, Bosch llamó al jefe de guardia de la División de Hollywood y le pidió que mandara un coche patrulla al hotel para proteger al testigo.

A continuación llamó a información y le conectaron con el mostrador del Mark Twain.

—Alvin, soy el detective Bosch. ¿Me recuerda de esta mañana?

—Sí, sí. ¿Qué ocurre, detective?

—¿Ha ido alguien a preguntar por Charles Dickens?

—Em, no.

—¿En los últimos veinte minutos ha dejado entrar a alguien que pareciera poli o que no fuera inquilino?

—No, detective. ¿Qué está pasando?

—Escuche, necesito que suba a esa habitación y le diga a Charles Dickens que salga y luego me llame al móvil.

—No tengo a nadie para vigilar el mostrador, detective.

—Es una emergencia, Alvin. Necesito sacarlo de ahí. Tardará menos de cinco minutos. Escuche, apunte. Mi número es 3232445631. ¿Lo ha apuntado?

—Sí.

—Vale, vaya. Y si alguien que no sea yo llega preguntando

por él, dígale que se ha marchado, que ha cobrado el depósito y se ha ido. Vamos, Alvin, y gracias.

Bosch cerró el teléfono y miró a Rachel con una expresión que delataba su falta de confianza en el hombre del mostrador.

—Creo que el tipo es un colgado.

Bosch aumentó la velocidad y trató de concentrarse en conducir. Acababan de girar al sur por Cahuenga desde Barham. En función del tráfico de Hollywood estaba pensando que podrían llegar al Mark Twain en otros cinco minutos. Esta conclusión le hizo negar con la cabeza. Con una ventaja de media hora, Maxwell ya debería haber llegado al Mark Twain. Se preguntó si habría entrado por detrás y ya habría llegado hasta Mitford.

—Maxwell ya podría haber entrado por detrás —le dijo a Walling—. Voy a entrar desde el callejón.

—¿Sabes? —dijo Walling—, quizá no vaya a hacerle daño. Lo cogerá y hablará con él, juzgará por sí mismo si vio lo bastante en el mirador para constituir una amenaza.

Bosch negó con la cabeza.

—Ni hablar. Maxwell sabe que una vez se encontró el cesio en el contenedor su plan se fue al garete. Ha de tomar medidas contra todas las amenazas. Primero el testigo, luego Alicia Kent.

—¿Alicia Kent? ¿Crees que actuará contra ella? Todo este asunto es por ella.

—Ahora no importa. El instinto de supervivencia se apoderará de él y ahora ella es una amenaza. Gajes del oficio. Cruzas la línea para estar con ella, vuelves a cruzarla para salvar tu...

Bosch se detuvo al sentir una claridad repentina, como un mazazo en el pecho. Maldijo en voz alta y pisó el acelerador al salir del paso de Cahuenga. Cruzó tres carriles de Highland Avenue delante del Hollywood Bowl e hizo un giro de 180 grados haciendo chirriar los neumáticos en medio del tráfico. Pisó a fondo y el coche coleó brutalmente al dirigirse a la entrada en dirección sur de la autovía de Hollywood. Rachel se agarró al salpicadero y al mango de la puerta.

207

—Harry, ¿qué estás haciendo? ¡No es por ahí!

Bosch encendió la sirena y las luces azules que destellaban en la rejilla protectora delantera y en el parabrisas trasero del coche. Gritó su respuesta a Walling.

—Mitford es otra pista falsa. Es por aquí. ¿Quién es la mayor amenaza para Maxwell?

—¿Alicia?

—Desde luego, y ahora es la mejor oportunidad que va a tener para sacarla de Táctica. Todo el mundo está en ese callejón con el cesio.

En la autovía se circulaba bastante bien y la sirena ayudaba a abrirle paso. En función del tráfico que se hubiera encontrado Maxwell, Bosch suponía que ya habría llegado al centro.

Rachel empezó a abrir el teléfono y comenzó a marcar números. Probó número tras número, pero nadie respondía.

—No encuentro a nadie —gritó ella.

—¿Dónde está Táctica?

Walling no vaciló.

—En Broadway. ¿Sabes dónde está el Million Dollar Theatre? El mismo edificio. Entrada por la Tercera.

Bosch apagó la sirena y abrió el teléfono. Llamó a su compañero y Ferras contestó de inmediato.

—Ignacio, ¿dónde estás?

—He vuelto a la oficina. El forense ha estudiado el coche...

—Escúchame. Deja lo que estés haciendo y reúnete conmigo en la entrada de Third Street al edificio del Million Dollar Theater. ¿Sabes dónde está?

—¿Qué está pasando?

—¿Sabes dónde está el Million Dollar Theater?

—Sí, sé dónde es.

—Reúnete conmigo en la entrada de Third Street. Te lo explicaré cuando llegue allí.

Cerró el teléfono y volvió a poner la sirena.

21

*L*os siguientes diez minutos parecieron diez horas. Bosch entró y salió del tráfico y finalmente llegaron a la salida de Broadway, en el centro de la ciudad. Apagó la sirena al hacer el giro y dirigirse colina abajo a su destino. Estaban a tres manzanas de distancia.

El Million Dollar Theater se construyó en una época en que la industria del cine se exhibía en magníficos teatros que se alineaban en Broadway Street, en el centro de la ciudad. Ya habían pasado décadas desde la última vez que se había estrenado una película en aquella pantalla. Su elaborada fachada fue posteriormente cubierta por una marquesina iluminada que, durante un tiempo, había anunciado renacimientos religiosos en lugar de películas. Ahora el cine cerrado esperaba una renovación y su redención. Por encima, el en tiempos gran edificio de apartamentos se había convertido en doce pisos de oficinas de nivel medio y *lofts* residenciales.

—Buen sitio para que una unidad secreta tenga una oficina secreta —dijo Bosch cuando el edificio apareció a la vista—. Nadie lo habría supuesto.

Walling no respondió. Estaba tratando de hacer otra llamada. Entonces cerró el teléfono de golpe, frustrada.

—Ni siquiera puedo hablar con nuestra secretaria. Va a comer tarde para que siempre haya alguien en la oficina cuando los agentes salen a comer.

—¿Dónde está exactamente la brigada y dónde estaría exactamente Alicia Kent?

—Tenemos toda la séptima planta. Hay una sala de estar con un sofá y una tele. La han puesto allí para que pueda entretenerse.

—¿Cuánta gente hay en la brigada?

—Ocho agentes, la secretaria y una directora de oficina. La directora de oficina acaba de coger la baja por maternidad y la secretaria debe de estar comiendo, o eso espero. Pero no habrán dejado sola a Alicia Kent, va contra las normas. Alguien ha de haberse quedado con ella.

Bosch giró a la derecha en la Tercera e inmediatamente aparcó junto al bordillo. Ignacio Ferras ya estaba allí, apoyado como si tal cosa en su Volvo familiar. Delante había otro coche aparcado: un vehículo federal. Bosch y Walling salieron. Bosch se acercó a Ferras y Walling echó un vistazo al coche federal.

—¿Has visto a Maxwell? —preguntó Bosch.

—¿A quién?

—Al agente Maxwell. El tipo al que pusimos en el suelo en la casa de Kent esta mañana.

—No, no he visto a nadie. ¿Qué...?

—Es su coche —dijo Walling al unirse a ellos.

—Ignacio, es la agente Walling.

—Llámame Iggy.

—Rachel.

Se dieron la mano.

—Vale, ha de estar allí arriba —dijo Bosch—. ¿Cuántas escaleras?

—Tres —dijo—, pero habrá usado la que está más cerca de su coche.

Walling señaló un par de puertas dobles de acero situadas cerca de la esquina del edificio. Bosch se dirigió por ese camino para ver si estaban cerradas y Ferras y Walling lo siguieron.

—¿Qué está pasando? —preguntó Ferras.

—Maxwell es el asesino —dijo Bosch——. Está arriba...

—¿Qué?

Bosch comprobó las puertas de salida. No había mango exterior ni pomo. Se volvió hacia Ferras.

—Mira, no hay mucho tiempo. Confía en mí, Maxwell es nuestro hombre y está en este edificio para llevarse a Alicia Kent. Vamos a...

—¿Qué está haciendo ella aquí?

—Ésta es la oficina secreta del FBI. Ella está aquí. No más preguntas, ¿vale?, sólo escucha. La agente Walling y yo vamos a subir por el ascensor. Te quiero aquí en esta puerta. Si sale Maxwell, le disparas, ¿entendido? Le disparas.

—Entendido.

—Bien. Pide refuerzos. Vamos a subir.

Bosch se estiró y le dio una palmadita en la mejilla.

—Y estate alerta.

Dejaron a Ferras allí y entraron por la puerta principal del edificio. No había vestíbulo, sólo ascensor. Se abrió al pulsar el botón y Walling usó una tarjeta para activar el botón del siete. Empezaron a subir.

—Algo me dice que nunca vas a llamarle Iggy —dijo Walling.

Bosch no hizo caso del comentario, pero se le ocurrió una pregunta.

—¿Este trasto tiene una campana o un tono que suena cuando llega a la planta?

—No lo recuer... Sí, sí, seguro.

—Genial. Seremos patitos de feria.

Bosch sacó su Kimber de la cartuchera y metió una bala en la recámara. Walling hizo lo mismo. Bosch empujó a Walling a un lado del ascensor mientras él ocupaba el otro. Levantó su pistola. El ascensor finalmente llegó a la séptima planta y sonó un suave tono de campana en el exterior. La puerta empezó a abrirse, exponiendo primero a Bosch.

No había nadie.

Rachel señaló a la izquierda, indicando que las oficinas estaban en esa dirección después de salir del ascensor. Bosch se agachó a una posición de combate y salió con la pistola levantada y preparada.

Una vez más, no había nadie allí.

Bosch empezó a avanzar hacia su izquierda. Rachel salió del ascensor y avanzó con él en su flanco derecho. Llegaron a una oficina estilo *loft* con dos filas de cubículos —la sala de brigada— y tres oficinas privadas. Había grandes estanterías de equipamiento electrónico entre los cubículos y todos los escritorios tenían dos pantallas de ordenador. Daba la sensación de que todo el local podía empaquetarse y trasladarse en cualquier momento.

Bosch se adentró más y a través de la ventana de una de las oficinas privadas vio a un hombre sentado en una silla, con la cabeza echada hacia atrás y los ojos abiertos. Parecía que llevaba un delantal rojo. Bosch sabía que era sangre. Le habían disparado en el pecho.

Señaló y Rachel vio al hombre muerto. Walling reaccionó con una rápida inhalación y un suspiro ahogado.

La puerta de la oficina estaba entornada. Se movieron hacia ella y Bosch la abrió mientras Walling le cubría desde atrás. Bosch entró y vio a Alicia Kent sentada en el suelo, con la espalda en la pared.

Se agachó a su lado. Tenía los ojos abiertos, pero sin vida. Había una pistola en el suelo entre sus pies y la pared de detrás de ella estaba salpicada de sangre y materia gris.

Bosch se volvió y examinó la sala. Comprendió la jugada: Maxwell lo había dispuesto todo para que pareciera que Alicia Kent había cogido la pistola del cinturón del agente, le había disparado y luego se había sentado en el suelo y se había quitado la vida. No había nota o explicación alguna, pero era lo mejor que se le había ocurrido a Maxwell en el corto período de reacción que había tenido.

Bosch se volvió hacia Walling. Ella había bajado la guardia y estaba de pie mirando al agente muerto.

—Rachel, aún podría estar aquí.

Bosch avanzó hacia la puerta para poder registrar la sala de brigada. Al mirar por la ventana vio movimiento detrás de los estantes de material electrónico. Se detuvo, levantó su arma y siguió la pista de alguien que se movía desde detrás de uno de los estantes hacia una puerta con un letrero de salida.

Al cabo de un momento vio que Maxwell quedaba al descubierto y corría hacia la puerta.

—¡Maxwell! —gritó Bosch—. ¡Para!

Maxwell pivotó y levantó su arma. En el mismo momento en que su espalda empujó la puerta de salida, abrió fuego. La ventana se hizo añicos y el vidrio le cayó encima a Bosch. Harry devolvió el fuego, descargando seis tiros a través de la puerta abierta, pero Maxwell se había ido.

—¿Rachel? —llamó Bosch, sin apartar la mirada de la puerta—. ¿Estás bien?

—Estoy bien.

Su voz vino desde abajo. Bosch sabía que ella se había tirado al suelo al iniciarse el tiroteo.

—¿A qué salida va esa puerta?

Rachel se levantó y miró. Había añicos de vidrio por toda su ropa y Bosch vio que la agente tenía un corte en la mejilla.

—Esas escaleras llevan a su coche.

Bosch corrió desde la sala hacia la puerta de salida. Abrió el teléfono por el camino y marcó la tecla de marcado rápido de su compañero. Respondieron a la llamada antes de que terminara de sonar el tono. Bosch ya estaba en la escalera.

—¡Está bajando!

Bosch dejó caer el teléfono y echó a correr hacia la escalera. Oyó que Maxwell corría por los peldaños de acero e instintivamente supo que le llevaba mucha ventaja.

213

22

Bosch descendió otros tres tramos, bajando los escalones de tres en tres. Oía a Walling corriendo detrás de él. De pronto, cuando Maxwell golpeó la puerta de la calle, se oyó un ruido atronador. Hubo gritos de inmediato y a continuación se oyeron disparos. Sonaron tan juntos que era difícil determinar cuál se había producido primero o cuántas balas se habían disparado.

Diez segundos después Bosch empujó la puerta. Salió a la acera y vio a Ferras apoyado contra el parachoques trasero del coche federal de Maxwell. Sostenía su arma con una mano y su codo con la otra. Una rosa roja de sangre florecía en su hombro. El tráfico se había detenido en ambas direcciones en la Tercera y los peatones corrían a las aceras en busca de seguridad.

—Le he dado dos veces —gritó Ferras—. Se ha ido por ahí.

Señaló con la cabeza en dirección al túnel de la Tercera, bajo Bunker Hill. Bosch se acercó a su compañero y vio la herida en el omóplato. No parecía demasiado grave.

—¿Has pedido refuerzos? —preguntó Bosch.

—En camino.

Ferras hizo una mueca al ajustar su agarre en su brazo herido.

—Lo has hecho francamente bien, Iggy. Aguanta mientras voy a buscar a ese tipo.

Ferras asintió. Bosch se volvió y vio a Rachel llegando por la puerta, con un rastro de sangre en la cara.

—Por ahí —dijo—. Está herido.

Empezaron a recorrer la Tercera en formación dispersa. Al cabo de unos pocos pasos, Bosch encontró la pista. Maxwell estaba obviamente malherido y estaba perdiendo mucha sangre. Sería fácil seguirlo.

Sin embargo, cuando llegaron a la esquina de la Tercera y Grand perdieron el rastro. No había sangre en el pavimento. Bosch miró al largo túnel y no vio a nadie avanzando a pie entre el tráfico. Miró a ambos lados de Hill Street y no vio nada hasta que su atención se vio atraída por un alboroto de gente que salía corriendo del Grand Central Market.

—Por ahí —dijo.

Avanzaron con rapidez hacia el enorme mercado. Bosch encontró otra vez el rastro de sangre justo en la puerta y se dispuso a entrar. El mercado, de dos plantas, era una aglomeración de puestos de venta de comida y pequeños locales para tomar algo. Había un fuerte olor a grasa y café en el aire que tenía que notarse en todas las plantas del edificio por encima del mercado. El lugar estaba repleto y era sumamente ruidoso, lo que dificultaba a Bosch seguir el rastro de sangre de Maxwell.

De repente, oyó gritos justo delante y dos disparos al aire en rápida sucesión que causaron una estampida humana inmediata. Decenas de compradores y trabajadores llegaron gritando al pasillo donde estaban Bosch y Walling y empezaron a correr hacia ellos. Bosch se dio cuenta de que les iban a arrollar y de que les bloquearían el paso. Con un rápido movimiento hacia su derecha, Bosch agarró a Walling por la cintura y la empujó detrás de uno de los gruesos pilares de hormigón.

La multitud pasó al lado y Bosch se asomó en torno al pilar. El mercado estaba ahora vacío. No había rastro de Maxwell, pero Bosch enseguida detectó movimiento en uno de los expositores frigoríficos que ocupaban la parte delantera de una carnicería, al final del pasillo. Miró otra vez de cerca y se dio cuenta de que el movimiento se producía detrás del expositor.

215

Mirando a través de los paneles de cristal delantero y trasero del expositor que contenía cortes de buey y cerdo, Bosch atisbó el rostro de Maxwell. Estaba en el suelo, con la espalda apoyada contra una nevera en la parte de atrás de la carnicería.

—Está en la carnicería —le susurró a Walling—. Tú ve a la derecha y por ese pasillo. Podrás salirle por la derecha.

—¿Y tú?

—Yo iré recto y atraeré su atención.

—O podemos esperar refuerzos.

—Yo no voy a esperar.

—Lo suponía.

—¿Preparada?

—No, cambiemos. Yo iré de frente y atraeré su atención y tú vas por el lado.

Bosch sabía que era mejor plan, porque ella conocía a Maxwell y Maxwell la conocía a ella. Pero también significaba que Walling afrontaría mayor peligro.

—¿Estás segura? —preguntó.

—Sí, está bien.

Bosch se asomó por detrás del pilar una vez más y vio que Maxwell no se había movido. Tenía la cara roja y sudorosa. Bosch miró a Walling.

—Sigue ahí.

—Bien. Vamos.

Se separaron y empezaron a avanzar. Bosch recorrió rápidamente el pasillo de cafeterías hasta uno más allá del que terminaba en la carnicería. Cuando llegó al final estaba en una cafetería mexicana con las paredes altas, que le facilitaba protegerse y asomarse para vigilar la carnicería. Disponía de una visión lateral de la zona de detrás del mostrador y vio a Maxwell a seis metros. Estaba repanchingado contra la pared del refrigerador y todavía sostenía el arma con las dos manos. Tenía la camisa completamente empapada de sangre.

Bosch retrocedió para ponerse a cubierto, se armó de valor y salió dispuesto a acercarse a Maxwell. Pero entonces oyó la voz de Walling.

—¿Cliff? Soy yo, Rachel. Deja que pida ayuda.

Bosch se asomó en la esquina. Walling estaba de pie al descubierto a un metro y medio del mostrador de charcutería, con la pistola al costado.

—No hay ayuda que valga —dijo Maxwell—. Es demasiado tarde para mí.

Bosch reconoció que si Maxwell quería disparar a Walling la bala tendría que atravesar el panel posterior y anterior de vidrio del mostrador de charcutería. Con el frontal dispuesto en ángulo haría falta un milagro para que la bala la alcanzara. Pero los milagros ocurren. Bosch alzó su arma y la sostuvo pegada a la pared; estaba listo para disparar si hacía falta.

—Vamos, Cliff —dijo Walling—. Ríndete. No termines así.

—No hay otra forma.

El cuerpo de Maxwell se sacudió de repente por una tos violenta. Los labios se le llenaron de sangre.

—Joder, ese tipo me ha dado bien —dijo antes de toser otra vez.

—¿Cliff? —rogó Walling—. Déjame entrar ahí. Quiero ayudar.

—No, si entras voy a...

Las palabras se perdieron cuando él abrió fuego sobre el mostrador de charcutería, haciendo un movimiento de barrido con la pistola y rompiendo las puertas de cristal al hacerlo. Rachel se agachó y Bosch salió y alargó los brazos empuñando el arma a dos manos. Se contuvo de disparar y se concentró en el cañón del arma de Maxwell. Si el cañón se centraba en Walling, iba a volarle la cabeza a Maxwell.

Maxwell bajó el arma a su regazo y empezó a reír. La sangre resbaló por ambas comisuras de su boca creando una imagen de payaso desquiciado.

—Creo... Creo que acabo de matar un costillar.

217

Se rio nuevamente, pero eso le hizo arrancar a toser una vez más y pareció dolerle mucho. Cuando la tos remitió, habló de nuevo.

—Sólo quiero decir… que fue ella. Ella lo quería muerto. Yo sólo… Yo sólo la amaba, nada más. Ella no me dejó hacer las cosas de otra forma… y yo hice lo que me pedía. Por eso… estoy condenado…

Bosch dio un paso adelante. No creía que Maxwell se hubiera fijado en él todavía. Dio un paso más y entonces Maxwell volvió a hablar.

—Lo siento —dijo—. Rachel, diles que lo siento.

—Cliff —dijo Walling—. Podrás decírselo tú mismo.

Mientras Bosch observaba, Maxwell levantó el arma y se puso el cañón bajo la barbilla. Apretó el gatillo sin dudar. El impacto echó su cabeza hacia atrás y salpicó sangre por la puerta del refrigerador. La pistola cayó en el suelo de hormigón entre sus piernas estiradas. En su suicidio, Maxwell había adoptado la misma posición que su amante, la mujer a la que acababa de matar.

Walling rodeó el expositor frigorífico y se quedó al lado de Bosch. Juntos miraron al agente muerto. Ella no dijo nada. Bosch miró el reloj, era casi la una. Había llevado el caso desde el principio hasta el final en poco más de doce horas. El saldo era de cinco muertos, un herido y uno agonizando por exposición a la radiación.

Y luego estaba él. Bosch se preguntó si iba a formar parte de ese saldo cuando todo terminara. Le ardía la garganta y tenía una sensación de pesadez en el pecho.

Miró a Rachel y vio sangre rodando por su mejilla otra vez. Necesitaría puntos para cerrar la herida.

—¿Sabes qué? —dijo Bosch—. Te llevaré al hospital si tú me llevas a mí.

Ella lo miró y sonrió con tristeza.

—Añade a Iggy y trato hecho.

Bosch la dejó allí con Maxwell y volvió al edificio del Million Dollar Theater para ver cómo estaba su compañero. Mientras caminaba hacia allí vio llegar unidades de refuerzo por todas partes y que se formaban corros de gente. Bosch decidió que dejaría que los agentes de patrulla se hicieran cargo de las escenas de los crímenes.

Ferras estaba sentado en la puerta abierta de su coche, esperando a la ambulancia. Se sostenía el brazo en un ángulo extraño y claramente estaba sufriendo. La sangre se había esparcido por su camisa.

—¿Quieres agua? —preguntó Bosch—. Tengo una botella en el maletero.

—No, sólo quiero esperar. Ojalá ya estuvieran aquí.

La característica sirena de una ambulancia de bomberos se oía en la distancia, acercándose.

—¿Qué ha pasado, Harry?

Bosch se apoyó en el lateral del coche y le contó que Maxwell acababa de suicidarse cuando se le acercaban.

—Una manera horrible de morir, supongo —dijo Ferras—. Acorralado así.

Bosch asintió, pero permaneció en silencio. Mientras esperaban, sus pensamientos lo llevaron por calles y subieron la colina hasta el observatorio donde la última cosa que vio Stanley Kent fue la ciudad que se extendía ante él en hermosas luces temblorosas. Quizá a Stanley le pareció que el cielo le estaba esperando al final.

Pero, pensó Bosch, no importa si mueres acorralado en una carnicería o en un mirador con vistas a las luces del cielo. Ya no estás y el final no era la parte que importaba. «Todos estamos bordeando el desagüe —pensó—. Algunos están más cerca del agujero negro que otros; algunos lo verán venir, y otros no tendrán ninguna pista cuando la resaca los agarre y los arrastre a la oscuridad para siempre. Lo importante es luchar. No parar de dar patadas. Resistirse siempre a la resaca.»

La unidad de rescate dobló la esquina de Broadway y esqui-
vó varios coches parados antes de frenar finalmente a la entrada del callejón y apagar la sirena. Bosch ayudó a su compañero
a levantarse y separarse del coche y, uno al lado del otro, cami-
naron hacia la ambulancia.

Agradecimientos

*E*sta novela es una obra de ficción. Al escribirla, el autor confió en la ayuda de varios expertos en los campos en los que se desarrolla el relato. Más especialmente, el autor quiere dar las gracias a los doctores Larry Gandle e Ignacio Ferras por responder con paciencia a todas las preguntas en relación con la práctica de la oncología, la física médica y el uso y manipulación del cesio. En el ámbito de las fuerzas del orden, el autor habría estado perdido sin la ayuda de Rick Jackson, David Lambkin, Tim Marcia, Greg Crouch y algunos otros que prefieren el anonimato. Cualquier error o exageración en estas áreas contenidas en *El observatorio* son puramente falta del autor.

El autor también desea expresar su agradecimiento a la ayuda editorial y generosidad de Asya Muchnick, Michael Pietsch, Bill Massey y Jane Wood, así como a Terrill Lee Lankford, Pamela Marshal, Carolyn Chriss, Shannon Byrne, Jane Davis y Linda Connelly.

Este libro utiliza el tipo Aldus, que toma su nombre
del vanguardista impresor del Renacimiento
italiano Aldus Manutius. Hermann Zapf
diseñó el tipo Aldus para la imprenta
Stempel en 1954, como una réplica
más ligera y elegante del
popular tipo
Palatino

***
**
*

El observatorio se acabó de imprimir
en un día de otoño de 2008, en los talleres
gráficos de Dédalo Offset, S. L.
Crta. Fuenlabrada, s/n
Pinto (Madrid)

***
**
*